우리 모두가 세월호였다

이 도서의 국립중앙도서관 출판시도서목록(CIP)은 e-CIP홈페이지(http://www.nl.go.kr/ecip)와
국가자료공동목록시스템(http://www.nl.go.kr/kolisnet)에서 이용하실 수 있습니다.
(CIP제어번호:CIP2014021181)

세월호 추모시집

우리 모두가 세월호였다

고은 외 68인

실천문학사

차례

오래 기억하고, 그치지 않고 분노하기

참사 직후, 우리는 참혹한 심정으로 다음과 같은 내용의 성명서를 발표했다.* 그 뜻을 되새기기 위해 여기에 다시 싣는다.

세월호 참사 이후 우리는 상식으로 이해할 수 없는 일들을 매일매일 경험하고 있다. 무너진 것은 국가 안전 시스템만이 아니다. 함께 살아가는 일의 뜨거움과 생명 가진 것들의 존엄 자체가 냉혹한 이윤과 차가운 권력 앞에서 침몰해 버렸다. 말의 질서와 말의 윤리를 믿는 작가들이 더욱 망연한 것도 이 때문이다.

그러나 우리는 포기할 수 없는 사랑의 힘으로 우리가 살고 있는 이 세상의 피폐를 응시하고자 한다. 우리는 국가가 아니라, 함께 사는 이웃들의 박해받는 슬픔이 가진 생명력을 믿고자 한다. 여전히 말은 무력하고 인간을 위한 세상은 멀어 보인다. 하지만 그 먼 곳이 반드시 가야 할 길임을 알기에 우리는 우리가 해야 할 일을 포기하지 않겠다.

문학은 본래 세상의 모든 약한 것들을 위한 것이고 세상의 가장 위태로운 경계에 대한 증언이다. 그래서 우리는 오래 기억하고, 그치지 않고 분노하며 끈질기게 싸울 것이다. 이러한 문학의 언어를 두려워할 줄 아는 권력을 원한다. 정권의 안위가 아니라 위임받은 권력의 책임에 민감한 정부를 원한다. 이 정부를 허용하고 방임한 책임이 우리에게도 있음을 자인하며 그 책임을 감당하기 위해 정부의 책임을 묻겠다. 생명을 구하는 일에는 무능하고 진실을 억압하는 데에는 능란한 정부의 자격을 캐물을 것이다.

참사의 책임을 져야 할 자들이 국가를 개조하겠다고 나서는 오만과 착각을 받아들일 수 없다. 누가 그들에게 그럴 권리를 주었단 말인가. 위임받은 권력으로 국가를 참칭하지 말라고 경고한다. 우리는 그 착각을 허락한 적이 없다. 모든 권력은 국민으로부터 나온다는 헌법적 가치만 지킬 것을 요구한다.

대한민국이라는 세월호에서 가족과 친구와 연인을 잃은 비통한 슬픔을 디딤돌 삼아 우리는 이렇게 다짐한다. 우리의 자존을 겁박하는 권력을 좌시하지 않을 것이다. 우리의 생명과 일상을 위협하는 모든 부정에 회피하지 않고 맞설 것이다. 우리의 미래와 사랑을 자본에게 통째로 맡기는 것을 방관하지 않을 것이다. 우리는 희망을 퍼뜨리면서 절망과 싸울 것이며 사랑을 지키면서 억압을 깨뜨릴 것이다. 정의를 말하면서 협잡을 해체할 것이며 공동체를 껴안으면서 권력의 폭력을 고발할 것이다. 인간에 대한 예의를 위해서라면 피 흘리는 것을 두려워하지 않겠다. 이것이 문학의 윤리이며 문학이 말하는 자유임을 믿기 때문이다.

*

따라서 이 시집은 우리의 슬로건이다. 맹골수도 검푸른 바닷속에 잠든 영혼들에게 이 시집을 바친다.

2014년 7월 세월호 참사 100일을 앞두고

---

* 2014년 6월 2일 문학인 시국 선언「우리는 이런 권력에게 국가 개조를 맡기지 않았다」일부 발췌.

추모시

딸의 편지

'세월호 참사'에 붙임

강은교

엄마, 여긴 추워요
엄마, 여긴 진흙이 너무 많아요
진흙이 내 팔을 휘감고 있어요
진흙이 내 입술을 꼼짝달싹 못하게 하고 있어요.

아, 나를 진흙이 먹고 있어요
숨을 쉴 수가 없네요

진흙이 내 머리칼을 딱딱하게 해요
'참 탐스럽기도 하지'
엄마의 웃음소리 검은 물 위로 떠가요

버려진 심장들 가득한 바다의 저 방
물의 검은 터널 속, 터널의 검은 입 속
허우적이는, 미처 눈 못감은 피톨들

어른들은 나를 두고 가버렸어요

이제 나는 떠나가요
나는 지금 어둠 속에 눈 꼭 감고 있어요
파도에 결박되어

어른들은 기다리래요
어른들은 춤추면서, 우리들의 바다를 밟아대면서
기다리래요, 기다리고 기다리래요

평화란 이런 것인가 봐요, 아무도 없는 것, 아무것도 보이지 않는 것, 진흙들만 살아서 나를 먹어버리는 것, 진흙의 거품이 되는 것

그래요, 엄마, 난 어젯밤엔 배추가 되는 꿈을 꿨어요
배추가 되어 엄마의 손길에 쓰다듬기는 꿈을
방방곡곡 맛있게 적시는 꿈을
엄마의 향기 피어오르는 평화의 소금간이 되는 꿈을

그래요, 엄마, 나는 노오란 꽃잎 배추가 되어 엄마의 뜰에 누울거얘요

노오란 꽃잎 배추가 되어 엄마의 부드러운 주름에 누울거얘요

소금간이 되어 엄마의 혀 끝에 앉을 거얘요

노오란 종이배들이 떠와요

파도 가득 노오란 리본들이 달려와요

나는 그 종이배를 타려하지만

나는 그 노오란 리본들을 잡으려 하지만

선생님은 '지상에서 가장 아름다운 신호야, 저 노오란 리본, 잊지마, 잊지마, 저 노오란 너희들의 날개를'

선생님은 지금도 뱃머리에서 소리치고 계시지만

아, 이 진흙을 치워 주세요

아, 이 검은 파도를 치워주세요

저 노오란 종이배를 타고 싶어요

엄마의 뜰 송이송이 노오란 리본의 나무 아래 서고 싶어요
저 '노오란 리본의 정원' 거닐고 싶어요

엄마, 빛의 젖꼭지를 주세요
엄마, 평화의 눈을 주세요
엄마, 천국의 빰을 주세요

엄마, 나를 꼭 껴안아 주세요
저 배의 날개 일어설 때까지

안녕
안녕

꽃밭에는 꽃들이

고운기

우리 아이들은
비록 험한 물살 속에 들었으나
지금
서천 꽃밭에서 버드나무 우물을 길어
뼈살이꽃 살살이꽃
물을 주고 있을 것이다

원강아미가 낳은 한락궁이가
극락 가는 길을 잠시 막아
아이들의 두 팔에 힘이 오르고
아이들의 두 다리가 튼실해질 때까지
꽃밭에 물 주는 일을 시킨단다

나는 두 손으로 죄나 짓고
나는 두 발로 못 갈 데나 가고
겨울 지옥 업관에 이르러 두 손 두 발 잘릴 것이다

아이들아
물살 한번 헤쳐내지 못한 중생이나
부디
어엿비 여겨 뼈살이꽃 한 송이
내 엎어진 가슴 위에 얹어다오
죄 많고 부끄러운 뼈 위에
살살이꽃 한 송이 던져다오

버드나무 우물을 길어
꽃밭에 물 주고 있을 나의 아이들아.

이름 짓지 못한 시

고은

지금 나라 초상입니다
얼굴도 모르는 상감마마 승하가 아닙니다
두 눈에 넣어둔
내 새끼들의 꽃 생명이 초록 생명이
어이없이 몰살된 바다 밑창에
모두 머리 박고 있어야 할 국민상 중입니다

세상에
세상에
이 찬란한 아이들 생때같은 새끼들을
앞세우고 살아갈 세상이
얼마나 몹쓸 살 판입니까

지난 열흘 내내
지난 열며칠 내내
엄마는 넋 놓아 내 새끼 이름을 불러댔습니다
제발 살아 있으라고

살아서
연꽃 봉오리 심청으로 떠오르라고
아빠는 안절부절 섰다 앉았다 할 따름
저 맹골수도 밤바다에 외쳤습니다

나라의 방방곡곡 슬픔의 한사리로 차올랐습니다
너도나도 쌍주먹 쥔 분노가 치밀었습니다
분노도 아닌
슬픔도 아닌 뒤범벅의 시꺼먼 핏덩어리가
이내 가슴속을 굴렀습니다

나라라니요
이런 나라에서
인간이라는 것 정의라는 것이
얼마나 허약한 것인지 새삼 깨달았습니다
무슨 무슨 세계 1위는
자살 1위의 겉이었습니다

무슨 무슨 세계 10위는
절망 10위의 앞장이었습니다
사회라니요
그 어디에도 함께 사는 골목이 남아 있지 않습니다
신뢰라니요
그 어느 비탈에도
서로 믿어 마지않는 오랜 우애가 자취 없어지고 말았습니다

흔히 공이 없고 사만 있다 합니다
아닙니다
사도 없습니다
제대로 선 사만이 공을 낳습니다
신성한 사들이 다 썩어문드러진 것입니다
이런 사로
권세를 틀어쥐고
부귀를 꽉 움켜잡고 있는 죽음의 세월입니다

오늘도 저 남녘 앞바다 화면 앞에 있습니다
아무리 땅을 친들
땅을 쳐
피멍 들 손바닥뿐인들
내 새끼의 환한 얼굴이 달려올 리 없건만
밤 지새울
멍한 아침 바다를 바라봅니다

어찌 엄마 아빠뿐이겠습니까
이 나라 풀 같은 나무 같은 백성 남녀노소라면
저 과체중의 선체가 기울었을 때부터
하루 내내 실시간의 눈길이 꽂혀왔습니다
그 선체마저 잠겨
겨우 꼬리만 들린 채
나라와 세상살이 갖은 부실 갖은 비리
하나하나 드러내는 통탄의 날들을 보냈습니다

이런 역적 같은
이런 강도 같은 참변 앞에서
과연 이 나라가 나라 꼬라지인가 물었습니다
이런 무자비한 야만이 저지른 희생 앞에서
이 사회가
언제나 청정한 하루하루일 것인가를 따졌습니다
인간이 인간에 대하여
얼마나 인간이었던가를 뉘우쳤습니다
영혼이라는 말
양심이라는 말이
왜 있는지 몰라야 했습니다 알아야 했습니다

내 새끼야
내 새끼야
내 새끼야
꽃들아 초록들아

이토록 외치는 이내 심신 차라리 풍덩 내던져
우리 모두 빵(0)으로 돌아가
다시 하나둘 시작해야 하겠습니다
나도 너도
나라도 무엇도 다시 첫걸음 내디뎌야 하겠습니다

그리하여 이른바 고도성장의 탐욕으로 마비된 것
이른바 무한 경쟁으로 미쳐버린 것
이른바 역대 권력에 취해버린 것
하나하나 각고로 육탈로 떨쳐내야 하겠습니다
그리하여 1인과 10인의 향연이 아닌
만인의 영광을 누려야 하겠습니다

못 박아야 하겠습니다
이 사태는
올가을이면
내년 봄이면 파묻어버릴 사태가 아닙니다

일백 년 내내 애도해야 합니다
죽은 꽃들을 그 앳된 초록들을
이내 피눈물의 새끼들을 망각을 물리치고 불러내야 하겠습니다
허나 지금
아 이 나라는 울음 복 울부짖음 복이 터진 나라입니다
이 나라는 분노의 복이 터진 나라입니다

내 새끼야
내 새끼야
내 새끼들아

노란 리본을 묶으며

공광규

이런 눈물과 우울의 봄날
자고 일어나서 밥 먹고 출근하고
친구를 만나는 것도 미안한 시간이다
나들이도 죄가 되는 시간이다

퇴근길에 청계천 변 난간에 노란 리본을 묶었다
나는 리본에 검은 글씨로 미안하다고 썼다

다른 나라에서 버린 배를 사들여서
여객 정원을 늘려 돈을 벌려고 구조를 변경하는
자본을 허가하는 나라
배 떨림이 심하다고 문제 제기하는 노동자를
해고하겠다고 협박하는 나라
승객의 안전보다 선박 회사의 이익을 대변하는 나라
비정규 저임금으로 선박 노동자를 자주 바꿔치는 나라
배가 기울자
"승객 여러분, 승무원의 지시가 있을 때까지 제자리에서

대기하십시오”

하고는 선장과 선원이 먼저 탈출하는 나라
사람을 먼저 구하기보다
정부에 보고할 승선 인원 파악에만 분주한
재난대책본부가 있는 나라
경제는 일류고 재난 대책은 삼류인
사람 중심이 아닌 돈 중심의 나라

한 사람의 죽음에서도 그 나라를 본다고 하는데
이런 수백의 죽음 앞에서 나는 나라의 침몰을 보았다
이런 나라의 정당에 가입하고 집단 이익을 위해 봉사하는 내가
부끄러웠다

광화문 촛불 앞에서
검은 글씨로 극락에서 행복하라는 메모를 붙였다

버스를 타고 집에 오면서
집으로 돌아오지 못하는
엄마가 빨아서 넌 교복을 체육복을 입고
더 이상 학교에 갈 수 없는 너희들에게 미안했다

반도의 자화상

곽재구

개들이
한 마리
두 마리
세 마리
열 마리
천 마리
만 마리
.
.
.
끝없이
걸어가고 있다

한 손에 국화꽃을 들고
옷깃에 노란 리본을 꽂고
낑낑대며
끙끙거리며

눈물 콧물 범벅 속 쭈그리고 앉아
세상 어디 떠날 곳도 기약할 곳도 없는
노란 절망의 종이배를 접고 있다

생각하면
두 발로 꼿꼿이 서서
자유와 정의와 노동의 참해방을 부르짖던 시절이 우리에게 있었다
더 좋은 세상을 만들자고
사랑도 명예도 이름도 남김없이
한평생 나가자던 뜨거운 맹세*의 시절이 있었다

오천만 마리의 개가 아닌
오천만의 따뜻한 피를 지닌 인간으로 서서
세상에서 제일 살기 좋은 나라를 만들자고
절규하던 시절이 우리에게 있었다

퍼렇게 멍든 몸뚱이로
수배당한 대학생이 물 위에 떠오르고
스무 살의 풋풋한 아들이 욕조의 물고문에 숨을 거둘 때에도
스무 살의 아름다운 딸이 코스모스 씨앗을 뿌려달라며 분신하던
그 암울한 시절에도 우리에게 불같은 희망은 있었다
페퍼포그와 지랄탄의 향연 속에서 우리들은 매일매일
우리의 아들딸에게 물려줄 꽃 같은 대한민국을 꿈꾸었다

개의 이름으로 묻노니
언제부터 당신은 개가 되었는가?
50층 펜트하우스에 살며 연봉을 수십 억 받는다고 해서 개가 아닌가?
눈과 코와 귀를 지폐로 쑤셔 막고
바닷가재 식사를 하고 로열 발레를 보고 나스닥 시세를 점검하고

먼 나라 섬의 은행에 이름 없는 통장을 개설하고
그림 같은 이국에 별장 몇 채를 지녔다고 해서 개가 아닌가?
이 뉴스를 싣지 마세요, 라고 사장이 말하면 살살 꼬리를 흔들고
최저임금이며 비정규직이며 전세금을 날린 이웃들의 절망과 슬픔에는 관심이 없고
오로지 내 땅값 내 아파트값 한 푼 더 준다는 노인 연금에 매달리는
당신은 어느 나라의 잡종견인가?
개천에서 용이 나오는 시절 다 지났다고 하하 웃는
당신의 공화국은 당신의 어린 자식에게 물려줄 고향이 되었는가?

슬픈 눈동자의 개들이
한 마리 두 마리 세 마리
끝없이 반도의 어둠 속을 걸어가고 있다

흰 국화꽃 한 송이를 들었다고 해서
갈 곳 없는 노란 종이배를 하나 접었다고 해서
우리가 개가 아닌 것은 아니다

진짜 개는
주인과 함께 살 아름다운 세상을 위해
멧돼지와 싸우다 죽는다
온갖 탐욕과 부조리와 헛된 명예를 거부하며
농장 안의 염소와 토끼
어린 닭들과
새로 피어날 아침의 나팔꽃을 위해
피침 흘리는 멧돼지와 싸우다 죽는다.

---

* 〈임을 위한 행진곡〉 가사 중.

다 끝났다

구중서

산목숨 죽인 이들 이미 함께 죽었다
기우는 뱃전에 와 일 초가 아깝다
말하고 돌아간 이는 무엇을 하던가

세월호 잠기면서 하루 이틀 한 달에
살려서 끌어 올린 한 명이 없는 나라
열일곱 소년 소녀들 입을 넘어 물이 찼다

가만히 있으라 나오란 말 전혀 없고
설마 하며 웃고 놀던 청춘들이 잠기고
뭍에선 돈만 세다가 시간을 다 보냈다

변고로 가족 잃은 아픔을 안다는 말
그 죽음 이 죽음이 감히 같단 말을 하나
분수도 모르는 아집 백성을 수장한다

무심한 물에 들어 말소리 끊기었다

깨끗한 영혼이야 죽을 수도 없어라
오는 봄 들판 이랑에 새싹으로 오리라

기다리래*

김기택

기다리래. 6835톤 배가 뒤집히는 동안, 뒤집힌 배가 선수 일부분만 남기고 가라앉는 동안, 기다리라는 방송만 되풀이하고 선장과 선원들이 빠져나가는 동안, 움직이면 위험하니까 꼼짝 말고 기다리래. 해경은 침몰하는 배 주위를 빙빙 돌기만 하고 급히 구조하러 온 UDT 대원들과 민간 잠수사들을 막고 있지만, 텔레비전은 열심히 구조하고 있으니까 안심하고 기다리래. 오지 않는 구조대를 기다리다 지친 컴컴한 바닷물이 먼저 밀려들어 울음과 비명을 틀어막고 발버둥을 옥죄어도, 벗겨지는 손톱과 부러지는 손가락들이 닥치는 대로 아무거나 잡아당겨도, 질문하지 말고 가만히 앉아서 기다리래. 바닷물이 카카오톡을 삼키고, 기다리래를 삼키고, 기다리래를 친 손가락을 삼켜도, 아직 사망이 확인되지 않았으니까 걱정하지 말고 기다리래. 엄마 아빠가 발 동동 구르며 울부짖어도, 구조된 교감 선생님이 터지는 가슴에다 목을 매어도, 유언비어에 절대로 속지 말고 안내 방송에만 귀 기울이며 기다리래. 죽음이 퉁퉁 불어 옷을 찢고 터져 나와도, 얼굴이 부풀어 흐물흐물해져도, 학생증엔 앳된 얼굴이 고스란히 남아 있으니 손아귀에 그 얼굴을 꼭 쥐고서 기다리래. 동해물과 백두산이 마르고 닳도록 맹골수도 물속에서 기다리래.

* "기다리래. 기다리라는 방송 뒤에 다른 안내 방송은 안 나와요." 세월호가 물속에 가라앉은 지난 16일 오전 10시 17분, 세월호에서 단원고 학생의 마지막 카카오톡 메시지가 전송됐다. 오전 9시 30분 해경 구조정이 도착하고도 약 50분 뒤다.(『연합뉴스』, 2014. 4. 28.)

어떤 인사

김사이

늦은 밤 열 시
긴 생머리를 날리며 어둔 하늘을 향해
연신 양손을 흔드는 여고생
물오른 이파리들이 탱탱해져
보고만 있어도 절로 가슴이 두근거리는
연둣빛 아이들, 아이들의 봄이 영원히 멈추던 날
어른들이 세운 수직의 나라에서
안전장치 하나 없는 정글 속에서
몸과 마음이 고단할 법도 한데
학원 땡땡이 치고 놀다 가는 길인지
여고생이 하늘에 대고 외치자 밝은 목소리가 화답한다
"나 간다아 잘 자아" "조심히 잘 가"
"내 말 들려? 흐흐 운동 좀 해" "보고 있어 도착하면 전화 해"
하늘과 땅이 마주 보며 하루를 마무리하는
봄바람처럼 부드럽고 나른한 대화
우리의 일상은 그렇게 평범한 대화들일 것이다

봄날을 보내고 성장통을 앓다가 지독한 한파도 겪으며
내일 또 십 년 그 후가 두통 같은 삶일지라도
지금보다 더 나은 세상을 꿈꾸는 어른이 되어갈 텐데
간다는 작별 인사 한마디 못하고 훌쩍 떠나간 아이들
이별의 시간이 두렵다
이별의 끝에 무자비한 세월은 또 밀려오리라는
불안한 예감이 두렵다
곳곳에 위태로운 메아리들이 얼마나 많은가
카랑카랑한 아이들의 목소리가
끝없이 커지는 욕망 같은 고층 아파트들 사이로
봄의 전령처럼 맑게 퍼지는 4월이었다

적폐(積幣)가 아니라 지폐(紙幣)

김사인

꼴좋다 나여 아큐(阿Q)여
으스대던 그 잘난 나라여
반만년이라더냐 조상의 빛난 얼이라더냐
오냐 민족중흥이겠구나
오냐 나라여 오냐 나여

세월은 잘 간다
가는 세월 원통하구나
제가 떠난 것이냐 누가 떠민 것이냐
세월은 가고 세월만 가고
더럽게 남았구나 나는 비겁하게도 남았구나
주머니 속 지전 몇 장에 팔려 세월 가는 줄 몰랐구나
세월인지 네월인지 안중에 없었구나
더러운 거러지로구나
싸구려 허풍쟁이 똥걸레로구나
백주 대낮에
눈 뜬 채 코를 잃었으니

모가지를 털렸으니
이 우스꽝스러운 피칠갑을 아무도 동정하지 않겠구나
세상은 낄낄 웃겠구나
손톱 젖혀지고 손가락이 부러지도록 할퀴어 잡으며 세월 가는 동안
공포와 비명으로 흘러가는 동안
물에 젖은 오만 원짜리 석 장이여
꼴좋다 나여 죽지도 살지도 못한 나여
아직도 꽉 쥐고 있구나

국민소득이 어쨌다고? 집값이 어쨌다고?
똥개야 조느니 차라리 나라도 물어라
이 따위를 시랍시고 적는 내 손목을 물어라
종이나 울려라 개 떼처럼 왕왕왕
입춘대길 만사형통
때늦은 입춘방이나 하나 그려
이마빡에 여덟 팔자로 붙여주마

오냐 나여 그래도 잠은 또 오겠구나
배는 또 고파지겠구나 버러지처럼

이 봄의 이름을 찾지 못하고 있다

김선우

믿기지 않았다. 사고 소식이 들려온 그 아침만 해도
구조될 줄 알았다. 어디 먼 망망한 대양도 아니고
여기는 코앞의 우리 바다.
어리고 푸른 봄들이 눈앞에서 차갑게 식어가는 동안
생명을 보듬을 진심도 능력도 없는 자들이
사방에서 자동인형처럼 말한다.
가만히 있으라, 시키는 대로 하라, 지시를 기다리라.

가만히 기다린 봄이 얼어붙은 시신으로 올라오고 있다.
욕되고 부끄럽다, 이 참담한 땅의 어른이라는 것이.
만족을 모르는 자본과 가식에 찌든 권력,
가슴의 소리를 듣지 못하는 무능과 오만이 참혹하다.
미안하다, 반성 없이 미쳐가는 얼음 나라,
너희가 못 쉬는 숨을 여기서 쉰다.
너희가 못 먹는 밥을 여기서 먹는다.

환멸과 분노 사이에서 울음이 터지다가

길 잃은 울음을 그러모아 다시 생각한다.
기억하겠다, 너희가 못 피운 꽃을.
잊지 않겠다, 이 욕됨과 슬픔을.
환멸에 기울어 무능한 땅을 냉담하기엔
이 땅에서 살아남은 어른들의 죄가 너무 크다.
너희에게 갚아야 할 숙제가 너무 많다.

마지막까지 너희는 이 땅의 어른들을 향해
사랑한다, 사랑한다고 말한다.
차갑게 식은 봄을 안고 잿더미가 된 가슴으로 운다.
잠들지 마라, 부디 친구들과 손잡고 있어라.
돌아올 때까지 너희의 이름을 부르겠다.
살아 있으라, 제발 살아 있으라.

수평선

김성규

오늘 잡은 물고기들이 식탁 위에 올라온다
감지 못한 눈꺼풀 속엔
향유고래가 되고
다랑어가 되고
날치가 되어

언젠가 바닷속에서 죽어간,
지느러미 같은 팔을 벌리고
엄마를 부르던,
아이들의 이야기

높은 산과 그만큼 깊은 골짜기가 있듯
슬픔과 기쁨의 총량이 비례한다면
교복을 입고
맨발로 걸어간 갯벌
발자국을 지워 다른 대륙으로 실어 가는 파도

영원히 떠도는 발자국들이
향유고래를 따라
다랑어를 따라
날치를 따라 날아오르면
조류에 빨려 들어간 모든 웃음이
물속 기포처럼 터져
바닷가 파도에 밀려 해안에 부딪친다

파도가 멈추지 않는 것은
너희들의 웃음을 세상으로 실어 보내기 위함
바다가 싱거워질 수 없는 것은
너희들의 눈물이 마르지 않기 때문

식당의 커튼 뒤에서 사람들이 웃을 때
우리가 함부로 웃을 수 없는 것은
너희들이 가져간 웃음의 총량이 부족하기 때문이지
우리에게 남은 눈물이 부족하기 때문이지

너희들은 바닷속에서 영원히 웃고 있으리
너희들은 바닷속에서 영원히 울고 있으리

나비가 되었네

김오

오늘은 바람이 되어라
헬기 소리 천둥처럼 들리는
뜨거운 두 시간
마지막 숨결로 '사랑해'
섬섬옥수 굳어가는
바람을 끌어내 희망을 쓰다듬는
프로펠러 소리
애기소라 귀만 하게 멀어지는
세
시
간

아직 따뜻한 다리 몇 꿈틀거리는
우리는 파도에 손톱자국만 남기고
엄마가 우는 팽목항
나비가 되어라 속삭이는
4월을 용서하세요

수학여행 칸칸이 앉아
돌아가지 못한 대문을 바라보니
저무는 봄 남은 눈물도 팽목항으로 가고 싶어
솟는 물결 사이를 파랑파랑 날고 있는
이레
보름 스무하루

나비가 되어라
노란 리본을 달고 부르는
퉁퉁 불은 날개를 털어보는 그믐 지나
팽목항을 나오면 잊혀지는
달포
나는 아직 물속에 있는
맹골수도
4월
잊지 말라고
심지 좋은 초마다 꺼지지 않을 불이 켜지는

오늘은 나비가 되었네

냉기가 도는 심장을 껴안고 잠이 들었다

김은경

냉기가 도는 심장을 껴안고 잠이 들었다
창백한 뺨
낙제생의 분필처럼 동강 난 관절은 미련도 없이 굳어가고

우리는 막 비행을 배운 새처럼
윤기 나는 시간이 깜빡 켜질 때가 있었는데
수줍고 여린 무순 같은 입술을 오므리며
사랑해 사랑해 사랑해
유일한 탈옥수처럼 외치던 때도

냉기가 흐르는 심장을 껴안고 잠을 청해본다
꿈에서도 냉기가 흐른다
이 커다란 움 속 총성은 꺼지지 않아
아무것도 쉬 잠들지 못하고

잡고 있던 친구의 살갗은 멍들었다

기한 지난 약속이 한 꾸러미
부풀어 오른 입술 잘 밀봉된 거짓말
검은 즙 배어나는 봄— 봄이 한 다발
핏덩이, 핏덩이 진…… 저것은 이미 형체가 없다

잠 속인데도 배가 고파 모멸을 먼저 삼켰다
옅은 어둠을 밀어내고 점점 더 짙은 어둠이 몰려왔다

살았니 죽었니
죽었니 살았니,
궁금하지도 않은 질문을 반복하며 바닷물이 몸을 덮쳤다
아는 얼굴이 TV에 도배되는 꿈을 오늘도 꾸었다
삽시간에 죽음이 유행처럼 번졌다

냉기가 도는 심장을 껴안고 잠이 들었다

제주 바다를 헤엄치는 꿈

해처럼 어여쁜 소년을 만나는 꿈
시를 쓰는 꿈
레몬트리*
레몬트리 노래하는 꿈……

모두, 물거품이 되었다

* Fool's Garden의 노래 〈Lemon Tree〉.

메아리

김일영

엄마
누가 불러 문을 여니
아직 새까만 새벽

먼 듯 가까운 듯 뻐꾸기가 운다
뻐꾸기 소리에는 메아리가 묻어 있다
어미의 체온을 잃어버린 알
그 속에서 꾸는 씁쓸한 꿈

뻐꾸기 소리에는 깊은 계곡을 헤매다 온
울음이 묻어 있다
바다를 텅 비게 하는 뱃고동처럼
산과 들판을 계곡으로 만드는 소리

소녀는
어미의 손을 놓치고
엄마라는 이름 속에서

창고처럼 텅텅 울고 있을라나

공복처럼 비워도 비워지지 않는 소녀와 엄마
그들은 서로를 부르며
새벽 근처까지 왔다 갔을라나

4월

김주대

떨어진 목련은
걸음마도 못하고 죽은 아기 발바닥 같다
어떤 어미가 있어
잘 드는 칼로
죽음의 발바닥을 벗겼을 것이다
목련나무 아래 한 겹 두 겹 내려놓고
아장아장 걸어가길 한없이 빌었을 것이다
목련나무 아래 4월에는
발도 없는 아기가 와서
발바닥으로만 발바닥으로만 하얗게 걸어다닌다

다시라기*

김준태

던져라 꽃
던져라 술 던져라 밥
서녘 바다 저 바다에

퍼렇다 떼죽음당한 시간
퍼어렇다 떼죽음당한 파도
떼죽음당한 불두화 향기

떼죽음당한 싯다르타
떼죽음당한 사람의 아들
떼죽음당한 하늘과 땅

한 마리 새가 죽으면
밤하늘 별들도 눈을 감고
한 송이 백합꽃이 꺾이면
세상의 모든 꽃들도 시들고

떼죽음당한
사랑과 사랑의 실체
306명의 심장, 영혼들아
밥을 뿌리면 밥에 붙어서
술을 뿌리면 술에 붙어서
꽃을 뿌리면 꽃에 붙어서

바닷길 닦으면 오라
황천길 닦으면 촛불 밝혀
오라 강강술래로 오거라
둥근 달 앞세우고

우리 새끼들 일으켜 세우세
이승에서 죽으면 저승에서 살리고
저승에서 죽으면 이승에서 살리고

보내세

젊은 청춘들 좋은 세상으로!
배 가득히 法鼓 雲版 木魚 실어서
둥둥 북 울려 보내세 두둥실 멀리!

오메 그리하여 우흐흐—
누가 칼을 들어 불을 들어
온다! 온다! 온다! 오고 있네!
이 땅의 우리가 저들을 버렸음으로
또다시 저들을 바다에 밀어 넣을지 몰라

* 죽은 넋들이 잘 가도록 저승길을 닦아주는 제의(祭儀)로, 예로부터 한반도 남녘 땅 진도·해남 지역에서 널리 크게 행해져왔다.

꽃처럼 무거운 마음

김중일

꿈속에서 밝혀놓은 촛불이 다 타버리자 해가 떴다 기도가 다 끝나지도 않았는데 떨어진 달처럼 무거운 마음 내가 한 번도 가진 적 없는 마음이 내 정수리 위에 비행접시처럼 떠 있다 그 그림자는 잠시 지구를 덮고 내 정수리 속으로 서서히 내려앉는다, 가라앉는다 나의 뇌수를 고요히 헤집자 온갖 기억이 새 떼처럼 날아오른다 나의 코끝을 스치자 물양동이 같은 내 얼굴 속에 그득했던 눈물이 출렁이며 넘친다 내 목구멍을 꺽꺽 긁으며 내려가다가 멀미처럼 울컥 솟구치는 마음 다시 내 기도를 막으며 가라앉는 마음 지구 반대편 하늘까지 뻥 뚫린 우물 속에 물양동이처럼 던져진 마음 내 무릎을 꺾고 내 발등을 찧는 돌처럼 무거운 마음 주룩주룩 내리는 비에 연루됐을 때 온몸이 다 녹아 줄줄 흘러내리고 있을 때 깊은 밤이 뻗은 힘센 팔이 나를 포옹하듯 꿈속으로 잠깐 끌어당기고, 꿈속에서야 나는 겨우 참았던 숨을 한꺼번에 몰아쉬고 꿈 밖에선 어떤 말도 삼킬 수도 뱉을 수도 없이 눈코입귀 흔들리는 꽃잎처럼 떨어지는 마음 꽃잎 없는 꽃처럼 무거운 마음 마음이 걷다가 빠진다는 구름의 크레바

스 틈새로 후드득 꽃잎처럼 빨려 드는 마음 돌처럼 무거운 질량의 마음 하늘까지 뚝 떨어진 마음 내 발목에 매달려 걸을 때마다 모래 위로 끌리는 마음 날 매달고 바닷속에 산 채로 던져진 마음

온몸이 통째로 마음이 되던 날

찬바람이 붙여놓고 간 촛불로도 밝힐 수 없는 몸

이제 돌이킬 수 없는 몸

아기단풍

김해자

현관문 열어두마 언제 돌아올지 모르니
네 방 창문도 열어두마 한밤중 넘어올지 모르니
수도꼭지 흐르는 물속에서도 쏟아진다 엄마 엄마 소리
천 갈래 만 갈래 찢어지는 빗줄기 뚫고 널 맞으러 가마
네가 오지 않으니 내가 가마 맨몸으로 가마 두들겨 맞으며 가마
물에 찍힌 음계를 밟고 나는 한 계단씩 내려가마
하얗게 부서지는 푸른 춤을 밟고 너는 오렴 오오 노래하며 와주렴
기다려주렴 평생을 다해 네게로 헤엄쳐 가리니
벽이 된 바닥 미끄러지는 하늘 기어서 가리니

얼마나 추웠니 아가야 이리 오렴 젖은 기저귀 갈아줄게
다리 힘차게 차며 발랑거리는 아가,
알처럼 동그랗고 하얀 배는 영영 내일을 낳지 못하겠구나
가뭇없이 사라진 물의 나이테처럼 영영 나이 먹지 않겠구나
사랑해요 저를 용서하세요,

물에 찍힌 마지막 말.
말이 되지 못한 공기 방울
사랑한다 아아 아가야 용서해다오 온통 눈물뿐으로
출렁이는 저 바다처럼 우우 우릴 용서하지 마라

기다려 너에게로 갈게……
맹서뿐인 말이 끝난 곳
오늘을 불러올 태양이 없는 저 너머,
잎도 꽃도 피우지 않는 얼음 정원
눈시울 붉은 아기단풍 꽃 꽃 꽃들

난파된 교실

나희덕

아이들은 수학여행 중이었다
교실에서처럼 선실에서도 가만히 앉아 있었다
가만히 있으라, 가만히 있으라,
그 말에 아이들은 시키는 대로 앉아 있었다
컨베이어벨트에서 조립을 기다리는 나사들처럼 부품들처럼
주황색 구명복을 서로 입혀주며 기다렸다
그것이 자본주의라는 공장의 유니폼이라는 것도 모르고
물로 된 감옥에서 입게 될 수의라는 것도 모르고
아이들은 끝까지 어른들의 말을 기다렸다
움직여라, 움직여라, 움직여라,
누군가 이 말이라도 해주었더라면
몇 개의 문과 창문만 열어주었더라면
그 교실이 거대한 무덤이 되지는 않았을 것이다
아이들은 수학여행 중이었다
파도에 둥둥 떠다니는 이름표와 가방들,
산산조각 난 교실의 부유물들,
아이들에게는 저마다 아름다운 이름이 있었지만

배를 지키려는 자들에게는 한낱 무명의 목숨에 불과했다
침몰하는 배를 버리고 도망치는 순간까지도
몇 만 원짜리 승객이나 짐짝에 불과했다
아이들에게는 저마다 사랑하는 부모가 있었지만
싸늘한 시신을 안고 오열하는 것 말고는 아무것도 할 수 없었다
햇빛도 닿지 않는 저 깊은 바닥에 잠겨 있으면서도
끝까지 손을 풀지 않았던 아이들,
구명복의 끈을 잡고 죽음의 공포를 견뎠던 아이들,
아이들은 수학여행 중이었다
죽음을 배우기 위해 떠난 길이 되고 말았다
지금도 교실에 갇힌 아이들이 있다
책상 밑에 의자 밑에 끼여 빠져나오지 못하는 다리와
유리창을 탕, 탕, 두드리는 손들,
그 유리창을 깰 도끼는 누구의 손에 들려 있는가

화인(火印)

도종환

비 올 바람이 숲을 훑고 지나가자
마른 아카시아 꽃잎이 하얗게 떨어져 내렸다
오후에는 먼저 온 빗줄기가
노랑붓꽃 꽃잎 위에 후드득 떨어지고
검은등뻐꾸기는 진종일 울었다
사월에서 오월로 건너오는 동안 내내 아팠다
자식 잃은 많은 이들이 바닷가로 몰려가 쓰러지고
그것을 지켜보던 등대도
그들을 부축하던 이들도 슬피 울었다
슬픔에서 벗어나라고 너무 쉽게 말하지 마라
섬 사이를 건너다니던 새들의 울음소리에
찔레꽃도 멍이 들어 하나씩 고개를 떨구고
파도는 손바닥으로 바위를 때리며 슬퍼하였다
잊어야 한다고 너무 쉽게 말하지 마라
이제 사월은 내게 옛날의 사월이 아니다
이제 바다는 내게 지난날의 바다가 아니다
눈물을 털고 일어서자고 쉽게 말하지 마라

하늘도 알고 바다도 아는 슬픔이었다
남쪽 바다에서 있었던 일을 지켜본 바닷바람이
세상의 모든 숲과 나무와 강물에게 알려준 슬픔이었다
화인처럼 찍혀 평생 남아 있을 아픔이었다
죽어서도 가지고 갈 이별이었다

소금 속에 눕히며

문동만

억울한 원혼은 소금 속에 묻는다 하였습니다
소금이 그들의 신이라 하였습니다

차가운 손들은 유능할 수 없었고
차가운 손들은 뜨거운 손들을 구할 수 없었고
아직도 물귀신처럼 배를 끌어 내립니다
이윤이 신이 된 세상, 흑막은 겹겹입니다
차라리 기도를 버립니다
분노가 나의 신전입니다
침몰의 비명과 침묵이 나의 경전입니다

아이 둘은 서로에게 매듭이 되어 승천했습니다
정부가 삭은 새끼줄이나 꼬고 있을 때
새끼줄 업자들에게 목숨을 청부하고 있을 때
죽음은 숫자가 되어 증식했습니다
그대들은 눈물의 시조가 되었고
우리는 눈물의 자손이 되어버렸습니다

일곱 살 오빠가 여섯 살 누이에게
구명조끼를 벗어 줄 때
남학생들은 여학생들을 먼저 보내고
아가미도 없이 숨을 마칠 때
아이들보다 겨우 여덟 살 많은 선생님이
물속 교실에 남아 마지막 출석부를 부를 때
죽어서야 부부가 된 애인들은 입맞춤도 없이

아, 차라리 우리가 물고기였더라면
이 바다를 다 마셔버리고 살아 있는 당신들만 뱉어내는
거대한 물고기였더라면

침몰입니까? 아니 습격입니다 습격입니다!
우리들의 고요를, 생의 마지막까지 번지던 천진한 웃음을
이윤의 주구들이
분별심 없는 관료들과 전문성 없는 전문가들이
구조할 수 없는 구조대가

선장과 선원과 또 천상에 사는 어떤 선장과
선원들로부터의…… 습격입니다
그러므로 우리도 3층 칸과 4층 칸에
쓰린 바닷물이 살갗을 베는
지옥과 연옥 사이에 갇혀버렸습니다
우리도 갇혀 구조되지 않겠습니다
그대들 가신 곳 천국이 아니라면
우리도 고통의 궁극을 더 살다 가겠습니다

누구도 깨주지 않던 유리창 위에 씁니다
아수라의 객실 바닥에 쓰고 씁니다
골절된 손가락으로 짓이겨진 손톱으로
아가미 없는 목구멍으로
오늘의 분통과 심장의 폭동을
죽여서 죽었다고 씁니다

그대들 당도하지 못한 4월의 귀착지

거긴 꽃과 나비가 있는 곳
심해보다 짠 인간과 인간의 눈물이 없는 곳
거악의 썩은 그물들이 걸리지 않는 곳
말갛게 씻은 네 얼굴과 네 얼굴과
엄마아 아빠아 누나아 동생아 선생니임 부르면
부르면 다 있는 곳

소금 속에 눕히며
눕혀도 눕혀도 일어나는 그대들
내 새끼 아닌 내 새끼들
피눈물로 만든 내 새끼들
눕히며 품으며 입 맞추며

침몰하는 봄

문인수

"어, 이거, 배가 기울고 있잖아. 그런데, 그런데, 가만있으라고?"

제주도로 수학여행 가던 아이들은 선실에 붙박인 채 가만있었다. 가만있으니

텅 빈, 너른 갑판이 삐딱하다. 시시각각 급하게 드러나는 저 환한 경사는

얼마나 많은 사람들의 북, 북 판이 됐을까. 그 애타는 소리 다 잡아먹고 마침내

불쑥 솟는 상어 대가리! 시꺼먼 아래턱, 선수(船首)만 그렇게

번질번질 삐죽하게 남긴 채 '세월호'는 가라앉고…… 도무지, 목전의, 진도 팽목의 세월 넘지 못한다.

한 아비가, "내 새끼, 내가 구한다!" 울부짖으며 수평선을 향해 달려갔다.

한 어미가, "얼마나 춥겠어. 얼마나 춥겠어. 너는 한여름에도 더운 물로 샤워하잖니. 얼마나 춥겠어" 넋을 놓고 흐느낀다.

어른들은 도대체 뭔 '방송'인지 모르겠다는 듯 아직도,

?

물음표 모양으로 제 몸을 쥔, 귀를 세운 한 어린 주검을 만났다.

잠수부는 아이의 요지부동을 풀며, 풀며 말했다. 공기, 방울방울로 말했다. "얘야 가자, 가자, 이제, 참말로 좋은 데로 가자" 달래고 또 달래 안으며,

치밀어 올라오는 수압을 끄윽 끅, 씹어 삼켰다.

바다 짠물엔 꽃 못 핀다. 그 너울에 봄꽃 축제들, 전국적으로 모두 취소되었다.

산수유 벚꽃 진달래, 어여쁜 말들…… "카톡, 카톡" 침몰하고 있었다.

백일홍

박성우

박새가 이팝나무 아래 우체통에 둥지를 틀었다
하얀 이팝나무 꽃이 고봉으로 퍼질 무렵, 박새는 알을 낳았다

희망 촛불에서 받아 온 '희망 씨앗'을 심는다
벽화동우회 '새봄' 식구들이
정읍우체국 앞에서 나눠주던 씨앗, 박새네 집 옆에 심는다

초췌한 얼굴이었다 눈에는
투명한 물방울이 아슬아슬 맺혀 있었다 가까스로
서 있는 유가족의 다리는 위태로워 보였다
하고픈 말이 너무 많은 입은 차라리 마스크로 가리고 있었다

앙다문 입을 가린 흰 마스크가
흘러내리는 물을 빨아들였다 콧잔등을 타고
흘러내린 물은 분명 피눈물이었으나,
핏기 없는 낯빛에서 나오는 물이기에 탁할 수조차 없었다
세월호 참사 희생자 합동분향소 안쪽,

깜장 치마에 깜장 양말 깜장 구두 신고 조문 온
앞줄의 여자아이가 울었다 엄마 아빠 손잡고 울었다
사내아이의 거침없는 울음소리도 두어 줄 뒤쪽에서 보태졌다
가만히 있으라? 가만히 있을 수 없는 사람들은 거리로 나갔다

부디 백 일 천 일 살아 있으라
여러 꽃씨 중 고심 끝에 골라보던 백일홍,
우체국 앞에서 받아 온 씨앗을 우체통 옆에 심는다
아이들아 분홍 하양 노랑 주홍 피어나렴,
안산에 조문 갔을 때 따라온 '노란 나비'가
이팝나무 아래 빨간 우체통에 매달려 꽃을 기다린다

거름 한 줌 보태고 일어서는 나와 눈 마주친 어미 박새,
까만 눈조차 끔쩍이지 않고 알을 품는다

부를 수 없는 것들이 많아졌다
4월 16일 이후

박찬세

선원을 선원이라 부를 수 없게 되었다

선장을 선장이라 부를 수 없게 되었다

사장을 사장이라 부를 수 없게 되었다

해경을 해경이라 부를 수 없게 되었다

장관을 장관이라 부를 수 없게 되었다

총리를 총리라 부를 수 없게 되었다

대통령을 대통령이라 부를 수 없게 되었다

대한민국을 대한민국이라 부를 수 없게 되었다

배를 배라고 부를 수 없게 되었다

바다를 바다라 부를 수 없게 되었다

파도를 파도라 부를 수 없게 되었다

무엇보다, 너희들을

꽃 같은 너희들의 이름을 부를 수 없게 되었다

이제 누가 사랑을 이야기하겠는가

박철

너 가라앉을 때
우리 모두 가라앉았어
너 살아올 때
우리 모두 살아올 거야
아무리 멀리 가도 잊지 못할 거야
시간이 멈추어도 잊지 않으마
세상에, 어느 세상에 또 어느 먼 곳에
이토록 간절하고 진실한 사랑의 한마디 있겠니

엄마, 내가 말 못할까 봐 보내놓는다 사랑한다
사랑해요
누나 사랑해 그동안 못해줘서 미안해
선생님 괜찮으신지 여쭤봐
엄마 아빠 내 동생 어떡하지 사랑해
언니는요?
선원은 맨 마지막이야, 너희들을 구하고 나는 나중에 나
갈게

슬픔으로 가다 다시 분노가
냉정으로 가다 다시 분노가
체념으로 가다 다시 분노가
용서로 가다 다시 분노가
사랑은 바닷속에 처박히고
사랑을 바닷속에 처넣고서
이제 누가 사랑을 이야기하겠는가

기다리래

죽어 넘치며 무엇을 더 기다리나
빤쓰 바람에 도망 나오는 선장과 승무원을 보며
나는 감히 생각한다
이 나라 기울 때,
선장과 승무원은 어쩔 것인지

달콤한 눈

박형준

아직도 마음 깊은 곳에는
손이 닿지 않는 먼 데
찬장 위에 올려져 있던 설탕 종지들이 있다
그을은 부엌 벽을 기어오르는 개미 떼만 맛을 본

시골집 마당에서 올려다본 하늘에서
사라져버린 개미들이
등에 눈을 한 점씩 업고
줄을 타고 내려온다

찬장 위의 종지에서
반짝이는 설탕을 등에 지고 내려오는
눈의 푸근한 줄

오늘은
저 줄을 잡고
가시는 이도

눈발의 달콤함에

천천히 올라가시길

세월호 최후의 선장 박지영

백무산

최초에 명령이 있었음을 우리는 기억해야 한다
가만있으라, 지시에 따르라, 이 명령은
배가 출항하기 오래전부터 내려져 있었다
선장은 함부로 명령을 내리지 말라, 재난대책본부도
명령에 따르라, 가만있으라, 지시에 따르라

배가 다 기운 뒤에도 기다려야 하는 명령이 있다
목까지 물이 차올라도 명령을 기다리라
모든 운항 규정은 이윤의 지시에 따르라
침몰의 배후에는 나태와 부패와 음모가 있고
명령의 배후에는 은폐와 조작의 검은 손이 있다

이 나라는 명령이 있어야 움직인다는 걸 기억하라
열정도 진정성도 없는 비열한 정부, 입신출세와
대박 챙길 일밖에 아무 관심도 없는 자들의 국가,
선장은 단순 잡부 계약직, 장관은 단순 노무 비정규직
그들이 내릴 줄 아는 명령은 단 한 가지뿐

가만있으라, 명령에 따르라

저 환장하도록 눈이 부신 4월 바다를 보면서
아이들은 성적 걱정이나 했을까
지시를 어기고 멋대로 뛰쳐나간 너희들 반성문 써야 할 거야
물이 목에 차올라오는데, 이러면 입시는 어떻게 되는 거지, 걱정했을까

삼풍백화점이 무너지고, 서해훼리호가 침몰하고
성수대교가 무너지고, 지하철이 불타도
세상은 변하지 않았다, 변하지 않을 것이다
분노는 안개처럼 흩어지고, 슬픔은 장마처럼 지나가고
아, 세상은 또 변하지 않을 것이다
이런 재난 따윈 나쁜 것만도 아니라는 저들
촛불시위와 행진과 민주주의가 더 큰 재난이라 여기는
저들이 명령을 하는 동안은, 결코

뒤집어라, 뒤집힌 저 배를 뒤집어라
뒤집어라, 뒤집힌 세상을 뒤집어야 살린다
탐욕으로 뒤집힌 세상, 부패와 음모와 기만으로 뒤집힌 세상
이게 아닌데, 이럴 순 없어, 뒤집지 못한 우리들
가슴을 치며 지켜만 봐야 하다니, 회한의 눈물을 삼키며
우리가 너희들을 다 죽이는구나, 뒤집어라,
폭력과 약탈로 뒤집힌 세상을 뒤집어야 살린다
이렇게 내버려둘 순 없어 저 죽음을 뒤집어라
뒤집지 않고서는 살리지 못해 저 죽음의 세력을 뒤집어라

뒤집힌 배에서 가장 먼저 탈출한 그들
돌아앉아 돈이나 세고 있는 그들
자살 행렬은 내 알 바 아니다 약속을 뒤집고
경제 민주화에서 뛰어내려 저만 살겠다고 달아난 그들
이미 구원받은 사람만 구원하는 정치
아이들과 약자들을 외면하고 가진 자들과

힘 있고 능력 있는 자들만 구출하는 구원파 정부
자기 패거리만 구원하고 나머지는 연옥에 밀어 넣는
구원파 정당들, 새나라구원당들
아, 뒤집히고 나서야 보이다니
저들과 우리는 한배를 타고 있지 않았다는 사실이,
한배를 타지 않은 자를 선장으로 뽑다니!

뒤집어라, 그들의 명령과 지시를
그리고 저 고귀한 지시를 따르라, 승객을 버리고
선장과 노련한 선원들이 첫 구조선으로 달아난 그 시각
선원은 마지막까지 배를 지킨다! 구명조끼를 벗어 주고
한 명이라도 더 구하려다 끝내 오르지 못한 스물두 살
4월을 품은 여자 박지영, 그가 최후의 선장이다
그 푸르른 정신을 따르라, 뒤집어진 걸 바로 세우게 하는
죽음을 뒤집는 4월의 명령을!

바다 무덤

손택수

아내의 배 속에 있던 아기의 심장이 멎었다
휴일이라 병원 문이 열리길 기다리는 동안 식은 몸으로 이틀을 더 머물다 떠나는 아기를 위해
아내는 혼자서 자장가를 불렀다

태명이 풀별이었지 아마 작명가는 되지 말았어야 했는데,
무덤으로 바뀐 배를 안고 나는 신호가 끊어진 우주선 하나가 막막하게 유영하는 우주 공간을 더듬고 있었다

그 후 아내는 어란을 먹지 않는다 꽃도 꺾지 않고, 나뭇잎 하나도 딸 수가 없다고 한다
세월호 뉴스 앞에 아내가 며칠째 넋을 놓고 있다
부푼 바닷속으로 가라앉는 배 곁을 좀처럼 떠나질 못하고 있다

버리지 못한 초음파 사진 속 웅크린 태아처럼 바닷속을 둥둥 떠다닐 아이들,

이틀이 아니라 두 달이 넘었다

자신의 배를 무덤으로 내어준 바다는 실성한 듯 혼자서
자장가를 부른다
파도 소리 뭍을 할퀸다

아내는 이제 생선을 먹지 않겠다고 할지도 모르겠다
바다를 피해 다닐지도 모르겠다

심장이 멎은 배를 끌어안고
자장자장 들려줄 수 없는 자장가가
흘러나오는 바다

우리 모두가 세월호였다

송경동

돌려 말하지 마라
온 사회가 세월호였다
오늘 우리 모두의 삶이 세월호다
자본과 권력은 이미 우리들의 모든 삶에서
평형수를 덜어냈다
사회 전체적으로 정규직 일자리를 덜어내고
비정규직이라는 불안정성을 주입했다
그렇게 언제 침몰할지 모르는
노동자 세월호에 태워진 이들이 900만 명이다
사회의 모든 곳에서
'안전'이라는 이름이 박혀 있어야 할 곳들을 덜어내고
그곳에 '무한 이윤'이라는 탐욕을 채워 넣었다
이런 자본의 재해 속에서
오늘도 하루 일곱 명씩 산재라는 이름으로
착실히 침몰하고 있다
생계 비관이라는 이름으로
그간 수많은 노동자 민중들이 알아서 좌초해가야 했다

그렇게 수없이 많은 이들이 지하 선실에 가두어진
이 참혹한 세월의 너른 갑판 위에서
자본만이 무한히 안전하고 배부른 세상이었다
그들의 안전만을 위한 구조 변경은
언제나 법으로 보장되었다
무한한 자본의 안전을 위해
정리해고 비정규직화가 법제화되었다
돈이 되지 않는 모든 안전의 업무가
평화의 업무가 평등의 업무가 외주화되었다
경영상의 위기 시 선장인 자본가들의 탈출은 언제나 합법이었고
함께 살자는 모든 노동자들의 구조 신호는 외면당했고
불법으로 매도되고 탄압당했다
더 많은 이윤을 위한 자본의 이동은 언제나 자유로운 합법이었고
위험은 아래로 아래로만 전가되었다
그런 자본의 무한한 축적을 위해

세상 전체가 기울고 있고 침몰해가고 있다
그 잔혹한 생존의 난바다 속에서
사람들의 생목숨이 수장당했다
그런데도 가만히 있으라고 한다
돌려 말하지 마라
이 구조 전체가 단죄받아야 한다
사회 전체의 구조가 바뀌어야 한다
이 처참한 세월호에서 다시 그들만 탈출하려는
이 세월호의 선장과 선원들을 바꾸어야 한다
우리 모두가 이 위험한 세월호의
선장으로 기관장으로 갑판원으로 조타수로 나서야 한다
이 시대의 마지막 남은 평형수로 에어포켓으로
다이빙벨로 긴급히 나서야 한다
이 세월호의 항로를 바꾸어야 한다
이 자본의 항로를 바꾸어야 한다

물속 소년 소녀들

송찬호

그때 당신도 알다시피, 느닷없이 창문 너머 바다가 쏟아져 들어왔다오
지금 여긴 모든 게 절박하다오
커피 한 봉지
산소 한 통보다도
먼저 삽 한 자루 보내주오
난 여기서 익사자들의 꿈을 묻느라
매일 한 개씩 바닷속 구덩이를 파고 있다오

당신이 바다에 던져준 꽃다발도 잘 받았다오
눈에 진흙을 바르고
나비로 입술을 꿰매고
캄캄한 바닷속
양초와 성냥의 밧줄을 타고 내려온 꽃들을

이 물속 불가사리 도시에
소년 소녀들이 새로운 시민이 되었다오

그 도시 풍경을 이제 무어라 얘기할 수 있겠나
난 늙고 지친 이야기꾼일 뿐
말의 가시 울타리, 상어의 정원에 들어가 잠시 쉴 뿐

그리고 날들

Bitter Moon

신용목

세상의 모든 외로움이 밥을 먹을 시간이다,
백반집 앞에
빨간 오토바이가 받쳐 있고
여섯 시 반에 아이들을 내려놓고 가는 노란 버스
일곱 시면 경종 소리가 들리지
밥을 삼키면,
나는 입을 가졌구나 부드러운 목을 가졌구나 따뜻한 배를 가졌구나
알게 된다
일곱 시면 철길 앞에 내려오는 차단막, 그 너머로 아이들이 들고 뛰는 삼색 리본 같은 것들이 휘날린다

비 오는 밤 외진 골목처럼 형광등 뜬 미역국에 얼굴을 비쳐봤을 뿐인데
미안하다, 마음이 돌아오지 않아 나갈 수가 없다
그냥 밥을 먹으며
나는 입을 가졌고 목은 부드러우며 배는 따뜻하다

이렇게 생각한다
일생을 두고 가장 힘든 일을 떠올리듯이
일곱 시가 되기를 기다려, 차단막 너머 삼색 리본의 긴 휘날림 속으로 빨려 들듯이

그리고 아무 일도 없을 것이다 지나가는 기차를 바로 앞에서 바라볼 때처럼
칸칸이 환한 창의 얼굴들을 모두 놓치고
경종 소리를 내며
아이들의 거리에서 일곱 시가 사라지고,
빨강 노랑 파랑
괜히 세 가지 색깔을 대보듯
나의 입과 나의 목과 나의 배에 대해
나의 입과 나의 목과 나의 배……라고 중얼거리며 미안하다, 나는 밥을 먹는다

검은 방

신철규

슬픔의 과적 때문에 우리는 가라앉았다
슬픔이 한쪽으로 치우쳐 이 세계는 비틀거렸다

신의 이름을 부르고 싶었지만 그것이 일반명사인지 고유
명사인지 알 수 없어 포기했다
기도를 하던 두 손엔 검은 물이 가득 고였다

가만히 있으면 죽는다
최대한 가만히 있으려고 할수록 몸에 힘이 들어갔다
나는 딱딱해지고 있었다

해변에 맨발로 서 있던 유가족
맨살로 닿을 수 없는 거리가 그들을 얼어붙게 만들었다
죽을 때까지 악몽을 꾸어야 하는 사람들의 뒷모습
학살은 모든 사람들이 동시에 꾸는 악몽 같은 것

손가락과 발가락까지 피가 돌지 않고

눈이 심장과 바로 연결된 것처럼 쿵쾅거렸다

모든 것이 가만히 있는 곳이 지옥이다
꽃도 나무도 시들지 않고 살아 있는 곳
별이 움직이지 않고 가만히 멈춰서 못처럼 박혀 있는 곳
죽은 마음, 죽은 손가락, 죽은 눈동자

위로받아야 할 사람과 위로할 사람이 한사람이라면
우리에게 남은 것은 기도밖에 없는 것인가

우리는 떠올라야 한다
우리는 기어올라야 한다
누구도 우리를 끌어 올리지 않는다

가을이 멀었는데 온통 국화다
가을이 지난 지가 언젠데 국화 향이 이 세계를 덮고 있다
컴컴한 방에 검은 비닐봉지를 쓰고 앉아 있는 것처럼 숨

이 막힌다
꿈속에서도 공기가 희박했다

해변은 제단이 되었다
바다 가운데 강철로 된 검은 허파가 떠 있었다

바다를 털고 나오렴

신현림

누군가 승냥이처럼 길게 울다 사라진다
숱한 너희들이 쓰러지고,
대지가 상여처럼 흔들린다

언제나 새 사건이 헌 사건을 밀어냈다
푸른 뱀이 몸을 휘감다 나갈 뿐
시끄럽다가도 순식간에 잊혀졌다
이번에는 다르구나
잊어서는 안 되는 비극이 되었구나
너희들을 지켜주지 못한 나와 어른들을
이 슬픈 뱀이 휘감고 놓질 않는구나
미안해서 심장이 타듯 아프고 아프구나
시간을 되돌려 너희들을 모두 구해주고 싶구나

사라진 자와 물고기들이
바다를 털고 나오렴
아직 따뜻한 몸이구나

살았구나 살은 거지

오늘 밤 불쌍한 너희 모두를 데려다 잠재워야겠구나
거대한 팽이처럼 소용돌이치는 바람이 멈출 때까지
회오리바람이 그칠 때까지
추운 손들이 울부짖고
고무풍선처럼 터져버리고
파랑새가 날아가버리고

엄마 아빠 노란 리본을 달고 계세요

잊지 못할 단원고 250 꽃들을 그리며

안상학

엄마 아빠
부탁이 있어요
우리 없다고 이 나라를 떠나지는 마세요
우리는 죽지 않았어요
검은 리본은 싫어요
노란 리본을 달고 계세요
우리는 지금
천년의 장미를 찾아 수학여행 떠나는 길이에요
엄마 아빠도 아시잖아요
천년의 장미를 찾아 돌아오는 날까지
노란 리본을 달고 계세요
몸은 여기 두고 250개의 물방울이 되어
홀가분하게 떠나요
무사히 돌아오는 그날
엄마 아빠 안 계시면 우린 무척 슬플 거예요

우리에겐

더 이상 차가운 벽은 없어요
제주도에서 한 사흘 머물다가
쿠로시오 해류를 타고 알래스카로 갈 거예요
250마리 연어가 되어 뛰놀다가
북태평양 캘리포니아를 거쳐
엘살바도르 앞바다 적도 어디쯤
250자락 바람이 되어 북극으로 달려갈 거예요
250개의 오로라가 되어
흰곰과 썰매개랑 한판 춤을 출 거예요
한 개의 해님과 한 개의 달님에게 부탁해
기념사진도 찍을 거예요
250개의 낮 250개의 밤
서로의 주인공이 되어 동영상도 찍을 거예요

우리에겐 더 이상
차가운 유리창도 없어요
때가 되면 기다리지 않고

250마리 도요새가 되어 날아오를 거예요
세상의 해안선이란 해안선은 다 돌아
인도양으로 갈 거예요
250개의 눈 푸른 사파이어가 되어
난바다 노닐다
계절풍 건듯 불면
250마리 인도기러기가 되어 히말라야를 넘을 거예요
세상에서 가장 높은 산골 마을로 가
250마리 할단새가 될 거예요
어두운 밤 환한 아침을 부르는
250개의 노래를 부를 거예요
추운 겨울 따뜻한 봄을 부르는
250개의 이름을 부를 거예요
250개의 아침을 맞이할 거예요
250개의 봄을 맞이할 거예요
그날이 오면
250송이 천년의 장미는 따서 머리에 꽂고

250송이 천년의 장미는 따서 품에 품고
250개의 새털구름이 되어 날아오를 거예요

우리에겐 더 이상
차가운 천장도 바닥도 없어요
250자락 바람을 타고
250개의 낮과 밤을 지나
한반도로 돌아올 거예요
그때는 우리
단 한 개의 거대한 비구름이 될 거예요
그날은
크나큰 리본을 닮은 우리 한반도가
온통 노란색이었으면 좋겠어요
엄마 아빠 가슴에 단
노란 리본이 물들인 세상이었으면 좋겠어요
엄마들 아빠들이 바라는 그런 세상이었으면 좋겠어요
그땐 기다리지 않고

한 치의 망설임도 없이
250개의 빗방울이 되어 뛰어내리겠어요
엄마 아빠 노란 리본에 스며들어
천년의 장미를 피워드리겠어요
한반도 노란 리본 매듭에 스며들어
천년의 장미를 꽃 피워 올리겠어요

너희들은 죽지 않았다고
말해주세요
우리는 말 잘 듣는 아이들인 걸 아시잖아요
그래요 엄마 아빠
우리는 죽지 않았어요
그러니까 검은 리본은 싫어요
우리가 돌아오는 그날까지 노란 리본을 달고 계세요
이 땅을 떠난다는 말씀만은 말아주세요
우리는 꼭 돌아올 거예요
그러니깐 너무 가슴 졸여 기다리진 마시고요

같이 못 간 친구들에게도 너무 슬퍼하진 말라고 전해주세요

지금 우리는 250개의 물방울이 되어

천년의 장미를 찾아 떠나요

잘 다녀올게요 잘 다녀들 올게요

엄마 아빤 다만 노란 리본을 달고 계세요

노란 리본을 달고 계세요

인사를 끝까지 끌어 올려서

안주철

열일곱이 열일곱 앞에서 고개를 숙이고 웁니다.
산 자의 눈물인지 죽은 자의 눈물인지
구별이 되지 않는 오늘은 며칠입니까?

그 어디에 도착하지 못한다 해도
걸어야 할 때가 있습니다.

눈을 뜨고 있어도
눈을 감고 있는 것과 조금도 다르지 않은 봄날.
아침 햇살 한 귀퉁이는 밀려온 파도에
접혀 있습니다.

저 깨달음 앞에서
나의 작은 위로는 어디에도 닿을 길이 없고
나의 작은 눈물도 떨어질 곳을 찾지 못합니다.

열일곱이 열일곱 앞에서 하늘을 올려다봅니다.

감당하지 못하는 원망과
더 이상 보태서는 아니 되는 슬픔 곁에서
열일곱이 열일곱 앞에서
예의를 지켜가며 눈물을 흘리고 있습니다.

세상 그 어디에도 저렇게 서러운 인사는 없고
세상 그 어디에도 저렇게 깊은 인사는 없습니다.

저 인사를 안아주어야 합니다.
인사를 끝까지 끌어 올려서 안아주어야 합니다.

파도가 간다

유병록

파도가 온다
며칠 먼 곳 다녀오다가 집이 보이는 곳부터 달리기 시작하는 소년처럼
여기에 가까워진다

기다리는 품에 안길 듯이
안기어 큰 눈으로 지난밤의 이야기 늘어놓을 듯이
숨 가쁘게 달려오는데

그저
떠난다는 마지막 인사를 남기러 온 것처럼
먼발치에서 머물 뿐

들려주지 않는다, 지난밤의 이야기
데려다주지 않는다, 지난밤의 놀란 눈동자들을
돌려주지 않는다, 지난밤을

지난밤은 이미 지난밤
그 이야기들은 꺼내지 않은 채
잠시 머물다

파도는 간다
너는 간다

지난밤의
비명과 기도와 눈물과 원망과 분노와 사랑을 그대로 안고
멀어지는 뒷모습

그저
지각하지 않으려 학교로 뛰어가는 소년 소녀처럼
서둘러 출근하는 회사원처럼
저녁이면 아무 일 없이 귀가할 것처럼

파도가 간다

고개를 돌려 손 한번 흔들어주지도 않고

날아라, 노란 나비

유순예

대책 없는 것들을 찢어 먹다 급체한
세월호에 수장된
노란 나비들아!
칠칠일 지난 지금도
수문을 열지 못하는
노란 나비들아!

백일 밥상을 차려놓을까
나비춤을 춰볼까

대책 없는 것들을 씹어 먹다 급체한
사람들은 이렇게 저렇게 모여서
꽥꽥……
청기와를 향해 구역질을 해대는데
역류하는 것은
똥물뿐

배내똥을 싸놓고 배냇짓을 하고 있는
노란 나비들아!
뜯기고 부러진 날개들은 짠물에 패대기쳐버리고

날아라!
노란 나비들아,
대책 있는 곳으로
날아
가거라!

국가를 구속하라

유용주

선부른 희망을 이야기하지 말라
이건 명백한 살인이다

어른들이 아이들을 죽였다
국가가 국민들을 산 채로 수장시킨 것이다

캄캄한 바닷속에 너희들을 묻어두고
비겁한 아빠는 아직 숨이 붙어 있구나
꾸역꾸역 밥 밀어 넣고 있구나

아이들아,
이 닷냥 서푼어치도 못 나가는 시인을 우선 구속시켜다오
어떤 벌이든지 달게 받겠다

뿌리부터 가지까지 몽땅 썩어 문드러진
국가를 먼저 구속시켜다오

물음표의 시간들

유현아

사람이 죽으면 각자의 달이 되어 하늘에서 내려다본다고
단 하나의 달이 보이지만 그것은 거짓이라고
눈동자를 한데 모아 자세히 보면
달의 개수는 점점 불어난다고 오래전 엄마는 얘기했다

엄마, 저 달이 무서워지고 있어
(순수하지 못한 별들이 섞여 있을 때가 그렇지)
어젯밤 분명 달이 하나였단 말이야
저렇게 많은 달들이 나를 내려다보고 있다는 게 신기해
새벽이 가까워올 무렵이면 땅으로 내려와 환하게 달려올 것 같아
너도 달이 한번 되어봐, 라고 고래고래 소리칠 것 같아

엄마, 내 말 듣고 있어?
빽빽한 달 사이사이에 촘촘히 박혀 있는 저 울음들 보여?
더 이상 들어찰 슬픔이 없어 삐져나온 어린 웃음을 도려내는 저 달 보여?

동그라미는 달들이 사라지고 그리면 안 돼?
(우리에게 필요한 애도와 위로는 동그라미만큼 떼어내고 이쯤에서 잘라내자)

저기 좀 봐 엄마
어둠에 떠 있는 달 사이사이에 엄마의 시간이 촘촘히 박혀 있어
저 운동화들 저 성적표들 저 케이크들 저 잔소리들 저 욕들이 저 핸드폰들이
달이 박히는 숫자만큼 서서히 사라지고 있어
깔깔거리는 저 달들과 함께 내 몸 반 토막이 투명해지고 있어

엄마, 엄마, 내 말 좀 들어봐요 고등어는 나중에 구우면 안 돼?
(고등어가 뇌에 얼마나 좋은 생선인지 모르는구나)
그럼, 그럼 말이야 구우려거든 울음의 시간만큼만 구워줘
저 달들이 하나로 보이는 그 시간에게도 말이야

21그램

윤석정

1

이상해, 더 이상 배가 고프지 않고 춥지 않아 난 내 몸을 빠져나가는 중인가 봐 영혼의 무게가 21그램이니까 지금 난 21그램일 거야 답답해, 갑판을 뚫고 나갈 수 없어 나는 내 몸만 빠져나갈 수 있나 봐 세월의 무게가 6835톤이라고 했지 난 고작 21그램인데 세월의 갑판 속에 갇혔나 봐 너무해, 스물한 살에는 올리브처럼 허리 잘록한 여자와 연애를 하고 뽀빠이 아저씨처럼 힘센 수병이 되어 저 수평선 너머 세상 구경이나 실컷 해볼까 했는데

2

가만히 있어? 여기 가만히 있으면 커다란 입들의 밥이 될 거야 뽀빠이는 시금치의 힘으로 불트에게 잡힌 올리브를 구했잖아 뽀빠이가 가만히 있지 않아서 올리브를 되찾을 수

있었던 거야 아무도 세월의 갑판을 찢고 날 구할 수 없잖아 왜 가만히 있어? 난 여태 가만히 있었잖아 가만히 책상에 앉아 창문 너머 새 떼를 못 본 척했고 매일 가만히 앉아 책 속에서 세월을 찾아 헤맸잖아 사실 난 망망대해에서 세월이나 낚으며 살까 했는데

3

세월아, 저승을 1미터쯤 남겨두고 어디로 간 거야 물안개 뚫고 파도 싹둑싹둑 자르던 칼날을 쳐들고 춤을 춘 거야 새들아, 바다에 퐁퐁 빠져서 이별의 노래를 부른 거야 저물녘 노을은 아무도 데려가지 못했잖아 그래, 칼날이 미친 듯 춤출 때 난 검은 물을 반쯤 삼켰고 필사적으로 몸부림치다가 춥고 배고파 애처로이 떨었잖아 그래, 세월이 무슨 죄야 대수롭지 않게 세월을 바다로 보낸 게 죽을죄잖아 그래, 바다는 소름 끼치거나 섬뜩하지 않아 바다는 커다란 입을 벌려

세월을 꿀꺽 삼킬 뿐이잖아

4

오늘은 풍요로운 날이야 여기저기 물고기들이 새 떼처럼 몰려다니거든 지금 난 21그램의 물고기가 되어 자유로이 헤엄치는 중인가 봐 기억해, 네 눈물 속에 팔딱이는 내가 있으니까

아기의 엄마가 올 때까지

이민호

그 무엇도 할 수 없다
멀리 바다를 응시할 뿐
바람과 홍수가
태풍이
여섯 날 낮과 여섯 날 밤
이 땅을 쓸어버릴 때까지
버림받은 자들의 방주
문이 열릴 때까지는
순결하거나 부정하거나
가리지 않고
어린 목숨들 곁에
있어야 한다

옛 나날들은 진흙으로 돌아가버렸다

이 나라가 무슨 짓을 했는지

이상국

나는 그대들을 잘 모릅니다
그대들이 춤을 잘 추는지
노래를 잘하는지 나는 모릅니다
누가 세탁소집 딸이고
누가 가난한 홀어머니 아들인지 나는 모릅니다
다만 한때 우리는 이 나라 국민이었습니다
나는 나이 먹은 시인이고 그대들은
치킨이나 피자라면 자다가도 벌떡 일어나고
날면 하늘이 모자라는 새파란 국민이었습니다
나는 이 나라가 무섭습니다
그대들이 죄 없이 바닷속으로 가라앉는 동안
부자들은 돈을 세고
올드보이들은 표를 계산하고
이 나라는 그대들의 주검을 세는 게 일이었습니다.
폐가와 같은 곳에 공작과 감시의 거미줄만 뒤엉켜 있고
이윤에 중독된 땅에서 생명들이 돌멩이처럼 울고 있는
나는 이 나라가 두렵습니다

나는 그대들의 이름을 모릅니다
나는 아무것도 아닌 시인입니다
그러나 단 한 사람도 살려내지 못하고
몇 날 며칠 가라앉는 배를 그냥
바라보기만 했던 걸 생각하면
꺼내달라고 살려달라고
뒤집힌 배 안에서 손가락뼈가 부러지도록
뭔가에게 매달렸을 그대들에게
이 나라가 무슨 짓을 했는지 생각하면
나 또한 그런 나라의 금수만도 못한 시인입니다
이건 시도 아닙니다

별이 되어라

이선식

느닷없이 날아든 이 청천벽력은 무엇인가.
꽃들을 싣고 봄 바다로 나갔던 배가
탐욕의 무게를 견디지 못하고 가라앉았다.
가슴속에 키워오던 무궁무진한 사랑을 보여줄 시간도 없이
어린 꽃들의 꿈을 송두리째 빼앗아 간
저 무지막지한 폭력은 무엇인가.

하얗게 질린 꽃들의 마지막 절규가
공기 방울로 떠오르는 순간에도
밥그릇의 크기를 가늠하던 저 어처구니없는 시대의 불온
도착한 구조대가 형식만을 구조하는 동안
영원한 침묵이 되어 꽃들이 떠올랐다.

드러나는 탐욕의 거미줄
얽히고설킨 저 암흑의 거미줄을 모른 체한다면
이 땅에서 봄을 영원히 지워버리겠다는 암묵
시간의 밀봉성을 믿고 기억이 연소될 때까지만 기다리면

결국 슬픔도 관심도 뿔뿔이 흩어지는 거라고 생각하겠지만
시간의 파고에 완강하게 저항하는 무거운 침묵들을 보라
이 어처구니없는 참혹을 잊는 순간 또 다른 참혹이 오나니
하늘을 속인 저 전대미문의 배반을 잊지 말자.

파란 대문과 전봇대와 낡은 자전거가 있던 익숙한 골목도
먼발치 어여쁜 소년 소녀를 기다리던 정류장도
가지마다 빼곡하게 꽃망울이 맺히던 교정도 다 그대로인데
모두들 어디로 갔느냐.

억울하게 지워진 희망들아
이 언어도단이 밝혀질 때까지는
그 무슨 목표 달성도 복지 사회도 어떤 허울 좋은 구호도
대한민국이란 이름 위에 정당화될 수 없단다.

잠재적 빛이었던 아이들아
끝내 돌아오지 못한 우리의 내일이었던 영혼들아

이 불온한 세상을 밝히는 별,

별이 되어라!

거역할 줄 모르던 환한 얼굴들아, 순박한 이름들아

5월 3일, 뉴스타파

이시영

"저도 바닷가에서 자라 잘 아는데 바다엔 밀물 썰물이 있잖아요? 그리고 파도가 좀 세면 어때요? 저 바다가 반드시 우리 애를 엄마 곁으로 데려다줄 거예요. 우리의 소원이 이렇게 간절한데 바다가 왜 그걸 모르겠어요? 우리 애가 돌아오면 내 곁에 하룻밤 푹 재워서 하늘로 돌려보낼 거예요. 그거밖에 없어요. 지금 제 희망은……."

네 생일에 바친다

이안

어떻게 네가 없을 수 있지?
열일곱 살 네 생일에
어떻게 네가 없을 수 있지?
우리는 네가 없는 네 생일에
빛이 꺼진 눈으로
열일곱 개 촛불을 켠다
생일 축하해
사랑해
생일 축하해
사랑해
없는 너에게
살아 있는 우리가 노래를 부른다
당신은 사랑받기 위해 태어난 사람
당신의 삶 속에서
그 사랑 받고 있지요
없는 너는 날마다 다시 태어나
우리에게 온다

웃으며 웃으며 달려와 안긴다
눈이 맑았던 너는
마지막 순간에도 구명조끼를 친구에게 건넸던 너는
마지막 순간에도 엄마 아빠 사랑해요
여러분 사랑해요
사랑밖에 몰랐던 너는
열일곱 살
엄마를 남기고 아빠를 남기고
빈 페이지가 너무나 많은 일기장을 남기고
사랑을 남기고 꿈을 남기고
날마다 날마다 새로 태어나
우리에게 온다
때 묻지 않은 순수로
꿈으로
아직 오지 않은 희망으로
우리를 부르며 부르며
와서 안긴다

생일 축하해
사랑해
생일 축하해
사랑해
영원한 부재로
잊히지 않는 이름으로
얼굴로
아픔으로 우리에게 온다
날마다 날마다 다시 태어나
우리를 안는다
네가 없는 네 생일에
우리는 다시 태어나
네 이름을 부른다
사랑해
사랑해

오늘

이영주

시간에 대해 오래 생각한다
오늘 모든 소식이 배달되었으면 좋겠다
그는 어머니의 죽은 발을 만져보고 나서 일어날 수가 없다
유리창 너머에 그가 있다
이것은 누구의 발인가
앉아서 구석으로 기어간다
나무 위에 재를 뿌린다
발바닥에서 땀이 난다
창틀은 그의 뒤통수를 천천히 가르고 있다
어디로 스며들었을까
재처럼 흩어지는 그의 머리칼
아무리 오래 생각해도 설명할 수 없는 일들이 있다
이 발은 어디에서부터 살인가
이 빛은 어디에서부터 피인가
오늘 모든 바람이 전달되고
먼 유랑이 시작되고
불타오르고 있는 딱딱한 이 물질은

바람을 타고 가야 할 텐데
부러질 것만 같아 그는 심장 근처를 두드린다
이것은 누구의 심장인가
죽은 발을 만진 손을 다른 손이 만져보고 나서
나는 울 수가 없다
유리창 안에 내가 있다
비가 내린다

이천십사 년 봄, 부터

이용임

이천십사 년 사월에 핀 찔레꽃은 모두 열여덟 살이다
이천십사 년 오월에 핀 장미는 모두 열여덟 살이다
이천십사 년 유월에 핀 수국은 모두 열여덟 살이다

이천십사 년 봄, 바다는 온통 잠들지 못한 속눈썹이다
뜬눈으로 꾸는 꿈을 주워 먹고 몸을 불린 나무들이
푸릇푸릇 시반으로 피워내는 잎들이 모두 열여덟 살이다

이천십사 년 봄, 부터 노래는 모두 자장가다
잠들어라 아가 잠들어라 아가 잠들면 잊을 수 있단다
남은 생의 잠을 모두 끄집어내 바다에 내려놓는 어미가 노래다

멈춘 잠을 끌어안고 가만히 기다리는
너희가 흘린 몸이 푸르게 엉겨
바위를 핥으면 바람이다
눈물은 곧 너희이므로

이천십사 년 봄, 부터 바다는 소금을 잃는다

조그맣게 발을 구르는
저 어린 산책이 열여덟 살이다
처녀가 젖몸살을 앓는
계절이 열여덟 살이다

세계여, 그대가 열여덟 살이다, 모두
몸 버린 날의 비문을 칼로 새긴
벙어리의 혓바닥이 말을 빚는
이천십사 년 봄, 부터

세월

이은봉

누가 세월을 약이라고 했나
묻지 않아도 사람들은
세월의 다른 이름이
'인내'라는 것을 잘 안다
언젠가 나도 '세월, 참고 견디기'라는
에세이 한 편을 쓴 적이 있다
세월, 참고 견디어도
갈갈이 찢긴 사람들의 마음
건져 올리지 못하는구나
잠수부들이여 세월, 그것이 죽음을 싣고
인천과 제주를 오가는
여객선이라는 것을 안 것은
불과 얼마 전의 일이다
잔인한 '세월'이라니
2014년 4월 16일을 뭐라고 해야 하나
눈물이라고, 설움이라고 해야 하나
절망이라고, 한이라고

그 참 무능한 정부라니!

한 울음이 한 울음에게

이재무

한 울음의 손이 한 울음의 손을 잡는다.
한 슬픔의 어깨가 한 슬픔의 어깨와 스크럼을 짠다.
울음이 울음을 불러 모으고
슬픔이 슬픔을 불러 모아
파랑 일렁이는 파도가 된다.
울음이 울음에 번지고
슬픔이 슬픔으로 번져
굽이치는 격랑의 물결이 된다.
쓸어버려라, 무너뜨려라,
한입 아우성이 된 울음과 슬픔이여!
하나의 울음은 가냘프지만
하나의 슬픔은 연약하지만
보아라,
한 슬픔이 한 슬픔의 손을 잡고
한 울음이 한 울음을 껴안는 것을!
우린 이제 기다리지 않는다.

비

이진명

비가 안 온다
계절에 계절이 바뀌어도

비가 안 온다
산하가 메마르고 있다

시절 거역치 못해 간신히 피어나는 꽃과 나무
움직이지 못하는 바위 돌멩이들의 허연 탈수

뭘 해야 할까
뭘 해야 할까

비를 오게 할까
비를 오게 할까

따뜻한 남쪽 나라
그 파란 물 눈에 어린다는 우리나라 남쪽 바다에서

세월호라는 대형 노후 여객선이 침몰했다

수학여행길 고교 2년 소녀 소년들 삼백수십 명이 타고 있었다

이른 아침부터 학생들이 수없이 쳐 보낸 구조 타전에

나라도 어른들도 완전 무감각 응답이 없었다

구조의 손길 한번 없이 생짜로 서서히 수장돼갔다

선내 방송대로 선실에서 가만히 대기하고 있으면

구조될 거라는 암, 전원 안전 구조될 거라는 터무니없이

밝은 이 믿음은 처음부터 구조와는 거리가 먼 배반의 믿음

하루 이틀 사흘 너무 깜깜하고 춥고 무섭고 목마르고

다시 더 너무 깜깜하고 춥고 무섭고 배고프고 숨 막히고

엄마 아빠 보고 싶어 집에 가고 싶어 살려주세요 사랑해요

보름을 넘어 스무 날이 한 달이 두 달이 오늘 시신 수색 칠십 일째를 넘기는

부패와 불법으로 칠갑했다는 세월호 배 이름 작명의 뜻이

속된 이 세상 초월하여(하늘나라로 가야 한다)라는 뜻이라지

아아아아아아아아아아아아아아아아아아 아 아 악

계절에 계절이 바뀌도록 산하의 비정상 메마름은
이런 실신의 허연 전조 현상이 아니었던가
움직이지 못하는 돌 바위들의 탈수 울음조차 막히는
모두가 거꾸로 됐다는 전도몽상의 세상
하늘도 거꾸로 든 비의 머리통을 차마 지상에 박지 못하
고 있다

공기 속에서

이진희

폐와 부레의 형성 기원을 생각한다
코와 아가미의 전혀 다른 형태를 생각한다
부러진 손가락과 부드러운 지느러미가 생각난다
가까스로 살아난 이들의 상처 입은 심장과

끝내 돌아오지 못한 이름들의
생년월일 성별 직업 인종 국적 고향 마을
좋아하던 색깔과 노래 동물 첫사랑
부모형제 친구 이웃 동료들을 생각한다
지구는 둥글다

살아 있어서, 사람이라서
오른쪽으로 23.5도 기운 채 자전하는 지구와
왼쪽으로 기울어 가라앉은 배를
그 안에 끝까지 얌전히 앉아 있어서 살지 못한 이들을
아무래도 생각하게 된다, 울면서

비슷한말과 반대말을 가르는 기준은 누가 정했을까
아픈 말과 말 같지 않은 말이 생각난다, 하염없이
둥근 공과 평화의 상관관계에 대해서는 갸우뚱한다

물속에선 곧장 물고기가 되었으면
두 다리가 스스르륵 뗄 수 없이 엉겨 붙어버리고
공기 방울뿐인 말밖에 할 수 없게 되더라도
세상에서 가장 아름다운 비늘과 지느러미를 가진
생명으로 헤엄쳐 멀리 사라진 것이라면

비참한 세계의 공기를 호흡해야 하지만 우리는
우리가 전혀 모르는 사이에
서른여섯 번째 사람*이기 위한 서른일곱 번째
사람으로서 살려고 애써야 한다

---

* 유대 문화에서는 이 세계가 망하지 않고 존재하는 이유가 36명의 의인이 세계의 고통을 모두 흡수하기 때문이라고 하는데, "의인 하나가 죽으면 다른 의인이 나타나 36의 숫자를 채운다"고 한다(도정일, 「그 유명한 아

내 딸 아들들아 모두 어디로 갔느냐

이하석

왜 아직 오지 않느냐?
내 딸들아 아들들아,
어째서 단 한 사람도 살아서 돌아오지 않니?

모두 어디로 갔느냐?
누가 너희들 돌아오는 길 막았느냐?
모두 천벌 받으리.

진도 바다 파도 속 수장된 봄이여.
4월의 통한이여.
거짓과 탐욕과 무책임의 파도 속 허우적거리며
너흰 우리의 손길 잡으려 잡으려 안간힘 하다
끝내 잠겨갔으리.

맹골수도의 흐린 수심을
파고드는 안타까운 시선들이여.

틀라스, 그 유명한 거북, 그리고」, 『쓰잘데없이 고귀한 것들의 목록』, 문학동네, 2014).

거기 맹렬한 파도 속에 매다는 呼名의 노란 리본이여.
울컥, 울컥, 꽃처럼 환한 얼굴들 떠올라도
끝내 돌아오지 않는 이름들이어서
부유하는 우리들의 슬픈 리본들이여.

미안하다.
지켜주지 못했구나.
우리가 잘못했다.

우리 모두 천벌 받으리.

아아 끝내 우리들 가슴밖에 어디로 갔으랴?
거짓과 탐욕과 무책임의 파도 쓸어 넘기며 우린
신록처럼 늘 가슴에 사무쳐 돋아날 너휠 부르리.

미안하다.
우리가 잘못했다.

해후

임경섭

기다려도 돌아오지 않았습니다
기다려도 떠오르지 않았습니다

저 수백의 심장 안에서 요동치는
무한의 시간들이
거대한 금궤에 갇혀
수장되었습니다

가만히 있으라니까
잠자코 있으라니까

말 잘 듣는 아이들만
돌아오지 못했습니다
서로를 믿는 이웃들만
돌아오지 못했습니다

그러나 우리는

계속 기다리겠습니다

이 커다란 죽음이
들로 풀로 나무로 바람으로
바람에 일렁이는
거센 목소리로 되돌아올 때까지

이 위대한 죽음들이
지상의 모든 관계를 바꾸며
새로 태어날 때까지

우리는
기다리겠습니다

다만, 쉼 없이 이동하는 해류에도
꿈쩍하지 않는 금궤는
영원히 인양되지 않기를

바랄 뿐입니다

진혼의 노래

임동확

차고 빠른 물살의 4월 바닷속으로 다시 돌아올 수 없는 먼 길을 떠난 내 아이들아.

검고 무서운 파도가 오래 굶주린 배를 채우는 악귀(惡鬼)들처럼 날뛰며 모든 것들을 집어삼키는 심연 속에서 무기력하기만 한 우리들의 분노는 너희들의 슬픔을 대신하는 노란 리본, 그저 부끄러운 우리들의 피눈물은 너희들의 목마름을 적셔줄 한 방울의 물, 그리고 어찌해볼 도리 없어 그저 발만 동동 구르던 우리들이 켜는 촛불은 너희들의 앞길을 밝혀줄 작은 등불.

하지만 그것들조차 애써 무시하며 오직 너희들의 의지와 힘으로 지옥 같은 맹골수도의 어둠을 벗어나라. 단 한 명도 구원하지 못한 공화국의 선무 방송에도 흔들리지 말고, 팽목항에서 너희들 이름을 애타게 부르는 제 어미의 소리에도 뒤돌아보지 말고, 더 이상 미련 없이 결코 두려움을 모르는 영웅처럼 해 뜨는 동쪽, 불멸의 영혼을 가진 신들의 나라로

곧바로 가라.

"엄마, 난 어디서 났지?"
"아빠, 우린 어디로 가는 거지?"

어느 날 갑자기 그렇게 물으며 몰라보게 커버렸던 아이들아. 단 한 번도 본 적 없는 낯선 소용돌이와 사나운 개가 지키는 문들이 연이어 나타나더라도, 크게 놀라거나 허둥대지 마라. 설령 쉬 납득하거나 감당하기 힘들다고 해도, 그 시련과 고통들은 백 번이고 천 번이고 태어나길 거듭할 운명의 너희들이 마땅히 거쳐야 할 관문들.

너희들은 그렇듯 한 걸음씩 마침내 불사(不死)의 하늘로 다가가고 있으리니. 그제야 긴 잠에서 깨어난 신들이 하품하며 끝까지 아름다웠던 너희들의 깨끗한 육신과 해맑은 영혼을 부활의 제물로 기꺼이 받으리니.

어이 그렇지 않으랴. 필시 그 자체로 모두가 꽃이고 신이었던 아이들아.

끝끝내 구명정도, 구조 헬기도, 구조 밧줄도 다가오지 않는 캄캄한 선실 속에서 밀려드는 바닷물과 싸우면서도 믿어 의심치 않았던 구원의 손길, 어린아이들도 두려워하지 않은 침묵의 노랫소리에 귀 기울여라.

결코 찢기거나 더렵혀질 수 없는 몸과 맘 그대로 마지막 수학여행을 떠난 아이들아.

죄 많은 망각의 역사, 생면부지의 공포가 기다리는 순장(殉葬)의 바다에서 이제 스스로 선장이 되고, 조타수가 되어 너희들만의 안전한 배, 너희들만의 아름다운 꿈, 너희들의 영원한 조국을 향해 항해하라.

차를 마시다니

장석남

차를 마시다니
꽃이 피다니

목구멍으로 무엇을 넘기다니
꽃을 보다니

해변을, 파도 끝을, 신 벗어 들고 걷다니
웃음까지도 생기다니
배가 고프다니……

분노여 입을 벌려라
바다를 넣겠다
쏟아 넣겠다

분노여
변덕이 심한 짐승이여
바다를 모두 먹어라

바다여, 분노의 이름으로 영원히 철썩여라

볍씨 한 가마 보리 서 말

정기복

봄밤 비는 내리는데
내 노동 잠시 접고
예서 바로 바퀴 갈아타고
고향에 가
가뭄에도 장마에도
곡식 싹 상하게 하는 일 없던
아버지 어머니
산소에 엎드려 울고 싶다
묻고 싶다
손끝 문양 지워지고
손톱 갈라지고 빠지고
손가락과 손목이 골절되도록
맞잡아준 손 하나 없었던
빛바래어 더욱 더 희어진 아이들의 손들을
어쩌면 좋겠냐고
저기 저 진도 바다
보리 새순 같고

벼이삭 같은 자식들
갯물 들어 부어오른
허튼 몸집을 어쩌면 좋겠냐고
건지지 못하고
건지지 아니하고
물에 썩혀버릴 양이면
새싹 하나 움틔우지 못할 양이면
볍씨 한 가마
보리 서 말 남기고
차라리 망해버리자
폭삭 썩혀 갈아엎어버리자
갈아엎은 후에야
씨앗을 묻고
씨앗이 삭은 후에야
새싹 돋아 오르나니
가뭄에도 장마에도
새순 상하게 하지 않는 손

이삭 곱게 키우는 아비어미의 손
이윤의 더러운 때 타지 않은 손으로
볍씨 한 가마
보리 서 말 남기고
거기서부터 다시 시작하자

가만히 있지 말아라

정우영

숨가쁘게 기다리다 끝끝내 접히고 만,
저 여리디 여린 꽃잎들에게
무슨 말을 드려야 할까.
태초로 돌아가는 데도 말이 필요하다면
그중에 가장 선한 말을 골라
공순하게 바쳐 올리고 싶다.
그러나 아무리 궁리해도 나는
사랑한다 미안하다
미안하다 사랑한다
이보다 선한 말 찾을 수 없다.
어떤 말이 더 필요하랴.
이 통절함 담을 말 어찌 있으랴.
새벽까지 뒤척이다 마당에 나와
팽목항 향해 나직나직 읊조린다.
사랑한다 미안하다
미안하다 사랑한다
동트기 전 대지에다 속삭인다.

얼마나 하찮은지 뻔히 알면서도
웅얼웅얼 여기저기 심는다.
불귀의 영혼들아, 사랑한다
내 속삭임 듣고 싹 틔워라, 빌면서
거듭거듭 단단하게 심는다.
이제는 기다리지 말아라.
가만히 있지도 말아라.
너는 완전 자유다, 아이들아.
그러니 가만히 따르지 말고
다시 태어나라, 아이들아.
다시 돌아와 온전히 네 나라를 살아라.
너희가 꿈꾸던 그 나라를 살아라
사랑한다, 아이들아.
내 새깽이들아.

또 다른 방주 타고 오시라

정원도

밤 지새워 뜬눈의 가자미가 되어
타는 혀 물 밑 헤매며
기진맥진 드러누운 진도 팽목항도 몰랐으리

까무러쳐 질식한 어린 넋들을
사정없이 수장시키는 파도여 해풍이여!
갈팡질팡 절망한 채 이 땅을 버린 시신들을
맥없이 건져 올리는 것을 구조라 착각하는 나라여!

'엄마 배가 가라앉나 봐! 나 어떡하면 돼?'
손톱이 까맣게 타드는 몸부림으로
목 놓아 불렀을 마지막 한 사람 어머니!
저 저 자식들 앞에 두고는
도무지 불가능이 없던 그들조차
속수무책 실신한 흐느낌으로 할퀴고 파헤칠 뿐
돌아오지 않는 공허한 타전들만 겹겹이 벽에 부딪혀
물거품 되어 흩어지네! 갇혔네!

이럴 거면 차라리 박쥐의 날개라도
고래의 허파라도, 가자미의 아가미라도 내려주시지요!
분노한 파도 끝으로 부서진 뼈들이
포말로도 일어서지 못하는 아까운 내 새끼들 어쩔 것이냐!

움직이면 위험하니 꼼짝 말라는 선내 방송에
단지 숫자가 되어 침몰해가면서도
선실 창밖 내다보며 다가오는 헬기 소리에 애태우던
아! 새파랗게 질린 어린 얼굴들 앞에 두고도
눈길 한번 안 주고 도주해버린
선장 선원들 해경들과 선주 목사와 관료들이 합작한 나라

이 음습한 밤을 박차고 나오시라!
새벽 빛줄기 무동 타고 건너오시라!
너희들을 수장시킨 무책임한 뺨을
사정없이 때리며 오시라!

4월이면 흐드러지는 민들레 씀바귀 제비꽃들도
한때는 방주 타고 되살아온 꽃들이다
그 꽃잎에 묻어 피었다가 모든 부끄럼 사라지거든
심청처럼 또 다른 방주 타고 되살아오시라!

한 아이에게

진은영

검푸른 털에 흰 털이 섞인 말이 있다면 그곳으로 보내고 싶다
주검들 사이를 누비며 장수를 무사히 데려오던 너른 말 잔등에
너를 태워 오고 싶다
물 한 방울 묻히고 싶지 않다

네 엄마가 안섶에서 잠깐 꺼내 자랑하던 삶의 금화가
반쪽으로 갈라졌다 산산이 부서졌다
거짓의 절구에 빻아져 먼지로 날아가버렸다

네 아빠가 푸른 물결 위로 걸으며 너를 기다린다
나는 아이를 가져본 적이 없다
내가 세상에 존재하는 오직 단 한 명의 아이였으므로

죽음 저 너머의 사랑을 펼친 적이 없다

네 엄마가 수평선을 자꾸 걷어내며 너를 기다린다
시간은 엉덩이뼈가 부러진 것 같았다
주저앉아 한 걸음도 움직이지 못한다

너는 모든 사람의 눈물에 젖어
퉁퉁 부은 얼굴로 집에 돌아왔다
물의 작은 방들과 길고 긴 계단을 한없이 헤매다 돌아온 사람처럼
지쳐서 엄마에게 왔다

장미 꽃잎이 그려진 잘 마른 베개에
엄마가 네 착한 머리를 뉘어줄 거야
작은 물새 알 같은 의문이
이제 깨어날 거야 행동이 점점 자라나 흰 파도처럼 커질 거야
언제까지 기다리래?
너는 파랗게 돌아누우며 잠꼬대를 하겠지

하늘을 뒤덮을 만큼 넓은 날개가 펼쳐질 거야
진실을 향해 날아갈 거야
너는 잠시 눈 감고 있으렴
언제까지나 기다릴래, 너는 몸을 뒤척이겠지

너는 단숨에 우리를 어른으로 만들었다

이 봄날 나는 처음으로 어른이 되었다
꽃들이 수치심에 뺨을 붉히고
온몸 떨며 피어나는 이유를 아는 어른이 되었다
죽음 저 너머
사랑과 진실의 두 팔을
벌서듯 높이 들어 올려야 하는 어른
너를 너무 오래 기다리게 하진 말아야 할 어른이

4월 애(哀), 세월 애(哀)

천수호

그날 난
4월의 봄 들판에서
별꽃과 금창초와 벼룩나물꽃을 보았다
노란 뱀딸기꽃과 분홍 덩굴딸기꽃과 하얀 탱자나무꽃을 보았다

그리고 나는
삼백 송이 봄꽃이 거꾸로 물에 잠기는 장면을 보고야 말았다

세월이라는 한심한 욕조
살아 있는 우리 모두를 시들게 한 욕조
꽃 한 송이 살려내지 못한 욕조

이백오십여 개의 별이 된 아이들을 꽃으로 미리 만났다거나
또 다른 꽃으로 피었던 쉰 남짓 사람들은 누구였을까 일일이 얼굴을 그려본 것도 아니었다
비장이나 비겁이 뒤섞인 들판의 꽃 이름에 재미를 붙인

건 더욱 아니었다
그러나 우리는 이 세월의 한배를 탄 인연들

이 세상이
하얗고 노랗고 연붉은 꽃에 뱀 대가리를 달거나
숨 조이는 덩굴로 감거나
푸른 가시를 들이대는 것을 처음 안 것도 아니었다

그러나 믿었던 말들,
허공 휘젓던 덩굴손이 발목을 잡으며 가만있으라 하고
홀로 도망가던 뱀은 뒤돌아보지도 않고 또 가만있으라 하고
파도 가시로 울타리 치며 더욱 가만있으라 했던,

그래서 끝내
가만히 가라앉던
이 4월의 슬픔
이 세월의 슬픔

기억하자 이 비겁을

최영철

무심한 세월이 우리 가슴에 박아두고 간
수백 개 대못이라 기억하자
온 데 퍼질러놓고 온 엉망진창 뒷덜미
여기 와서 꽂힌 시뻘건 불화살이라 기억하자
뿌리치고 짓밟고 깔아뭉개고 깨부순
개발 전진 오십 년의 피울음이라 기억하자
오금을 못 펴고 조아렸던
식민…… 독재…… 동족상잔……
그 먼 백 년의 통곡이라 기억하자
가슴을 찢어놓은 대못
가슴 깊이 꽂혀 울고 있는 불화살
너와 나의 돌아선 등판에 날아와 박히는데
어쩌나 이를 어쩌나
혼자 살자고 황급히 도망간
부끄러운 족적들 어쩌나
금방 훌훌 벗어던지고
제 밥그릇에 목 터져라 응원하는

제 밥그릇에 목 터져라 분개하는
이 재빠른 망각을 어쩌나
눈물 닦던 손등이 마르기도 전
텔레비전 앞에 금방 또 하나가 된
이 소름 끼치는 환호를 어쩌나
우리의 무능이었다 기억하자
우리의 수치였다 기억하자
바다 깊이 가라앉고 만
우리의 자존이었다 기억하자
저 심해까지 내려가 다시 건져 올려야 할
공생공사의 깃발이라 기억하자
우리 가슴 깊이 새겨 품어야 할
잊을 수 없는, 잊어서는 안 되는
치 떨리는 비겁이었다 기억하자

이 닭대가리들아!

최종천

세월호 참사 후에 무슨 이런 나라가 있냐고,
도대체가 한심한 나라라고, 나라 원망하는 소리가 들린다.
크게 한스러운 나라 대한민국의 백성들아
이 닭대가리들아 들어라
그러니까 너희가 나라 원망을 하는 그 배경에는
나라는 곧 대통령이나 어떤 책임자라는 생각이 있는 것이다.
그렇지 않고야 나라를 원망할 수는 없다.
단언컨대, 이 닭대가리들아 들어라!
나라니 국가니 하는 것은 대한민국의 산천이나
금수강산을 흐르는 물이나 공기가 아니니라.
바로 우리들 자신, 백성이 나라이며 국가다
고로, 백성은 바꿀 수 없으나
군주는 바꿀 수 있다고 노자인지 맹자인지 공자인지
아니면 예수인지 마르크스인지 하는 분이 말했다.
그러므로 나라를 대통령이나 아니면 어떤 누구라고 생각하고
그를 원망하다 보면 우리는 반성의 기회를 놓치게 된다.
어쩌다가 대마도 그 좋은 섬이 일본의 수중에 들어갔을까?

반성이 없으면 개념이 서지 않는다. 영토라는 개념이 없기에

어영부영 자의 반 타의 반으로

대마도를 일본에 주어버린 것이다.

어쩌다가 우리는 이 지경이 된 것이냐?

나라를 대통령이나 어떤 개인이라고 생각하다 보니

우리는 그에게 복종하게 된 것은 아닌가?

거기에는 무엇보다 반공 이데올로기가 있다.

오! 우리는 반공의 포로다. 반공 이데올로기의 노예다.

반공을 잘만 하면 국회에 나가거나 출세를 하거나

최소한은 편하게 살 수가 있는 것이다.

그래서 우리는 오랫동안 그를, 개인을 갈아 치우지 못했다.

이 닭대가리들아, 나라는 바로 너 자신, 백성이다.

그러니 주체성을 회복하라,

그를 원망만 하지 말고 갈아 치워라,

그가 눈물을 보일지라도 믿지 마라,
우리 조선인은 아주 유별나게도
정에 약한 존재다.
하느님 맙소사! 우리의 주 정서가 정과 한이다.
20세기 대명천지에 정과 한으로는 되는 것이 없다.
그들이 아직은 애도해야 한다고 말하지 않느냐,
가만히 있어야 안전하다고 하지 않느냐.
이제 슬퍼하지 말고 분노할 일이다.
슬픔의 보자기로 닭대가리를 감싸주면 조용해진다.
곧 목이 비틀리고 깃털이 뽑히고 그들의 밥상에 오를 것이다.

그러므로 이 닭대가리들아 국가와 나라는 너 자신임을 알라.
하다못해 어떤 물건도 디자인이 구식이고 유지비가 더 많이 들어가면
즉시 바꾸는데, 그가 대통령이든 누구든

갈아 치우지 못하는 이유는 그가 곧 나라요 국가라고 생각하기 때문이다.

이렇게 노예가 되어버린 지금 최고의 가치는 돈과 권력

돈과 권력은 대한민국의 절대적 원칙이다.

반공이 국시의 제일이 아니라 돈과 권력이 제일의 국시다.

반공이란 돈과 권력을 사수하는 방패다.

분단이 돈과 권력을 유지해주는데

저들이 통일에 나설 이유가 없을 것이다.

분단의 상황에서 근원적인 자유는 발견할 수가 없고

개인의 안보를 보장하는 것이 곧 돈과 권력이 되었다.

이렇게 하여 세월호의 참사는 돈 때문에 일어난 것이다.

세월호는 서서히 침몰해갔다. 처음에는 가로로 길게

몸을 뒤척이며 누웠다가 서서히 엎어진 다음에

선미가 먼저 바다 밑으로 아주 서서히 가라앉았다.

우리는 화면에서 공기를 토해내며 물을 마시며

호소하는 세월호 선체의 몸부림을 무려

두어 시간 동안이나 보고 있었다. 이미 여덟 시 이전부터 배는 심하게 기울어져 있었다고 한다.

세월호가 공기를 토해내며 물을 마시며 서서히 침몰한 직후 희망이 제조되었다. 선체 안에 에어포켓이 있을 것이라고, 많은 사람들은 과학적인 듯한 그 말에 미련을 두었다.

그렇게 오랫동안 배가 공기를 토해내고 물을 마시는 것을 보고도

백성은 애써 희망을 가지고 기다렸다. 그러나 갇힌 누구도 나오지 않았다.

세월호 참사는 돈 때문에 일어난 일이다.

살아서 구조된다면 바닷속으로 들어가지 않기 때문에 돈을 벌 수가 없다.

그러나 죽어서 건져내면 위험한 바닷속으로 들어가기 때문에 돈이 되는 것이다.

즉시 바다에 들어가겠다는 민간 잠수부들을 막았다고 한다.

명분과 실리가 걸려 있기 때문이다.

사람들이 하나둘 죽어서 건져 올려질 때
그것은 선체 안에 에어포켓이 없었다는 것을 증거하는 것.
그러나 에어포켓이 있을 것이라고 말하고 있었다.
없을 것이라는 말은 없었다. 에어포켓은 돈을 벌기 위해 조작된 것이다.
보라 그들이 이렇게 백성을 속이고 기만한다.
국가가 그들이라고 생각하는 한에는
우리는 에어포켓이 있다는 그들의 말을 믿게 된다.
대한민국에 에어포켓은 없다.

이 닭대가리들아! 나라나 국가는 바로 백성, 우리 자신이다.
고장 나서 못 쓰게 된 기계나 떨어진 신발을 바꾸듯이
단호하게 그를 갈아 치워라!
그리하여 진정한 백성이 되라
지금 대한민국의 문제는 단 하나
노예들만 있지 백성이 없다는 것이다.

기도들

최지인

새 떼가 날아갔다. 저 너머에선
식물들도 의자에 앉아 예배를 드린다.
의자 밑으로 나부라진 뿌리는
아내의 치마 같다.

의사는 아내의 자세를 지적했다.
아내는 거실에 놓인 소파에서 잤다.
나는 새벽이 돼서야 셔터를 내렸다.

멀리서 온 새 떼가 우리의 몸을
부리로 콕, 콕 찔렀다.
갈매기의 눈처럼 우리는 단련되었다.

목 잘린 닭이 마당을 뛰어다녔다.
목이 있던 자리에서 피가 솟구쳤다.
닭은 끝까지 칼날을 노려봤다.

갯벌이 물들었다. 바다가 갈라졌다.

나는 피를 녹음(錄音)했다.

섬집 아기

최현우

혼자 집을 지키며 울지 마라
까치발 들어 밖을 보다가, 맨발에 물을 묻힌 아이야
낮달에 손가락 걸고
밤아 오지 말라고 약속한 아이야
깜빡 꿈을 꾸다
먼 지평선이 옮겨 붙어
두 눈을 가늘게 감아버린 아이야
웅크려 발톱을 만지는 사이
어깨 위로 갈매기 앉았다 가고
입김 가득 불어놓은 창문에
언 뺨을 부비며 몸 녹이는 아이야
그래서 얼굴 가득 황혼을 묻혀버린
잠든 아이의 영원한 저녁아

바다야, 바다야
잘 시간 오지 않은 아이에게 자장가를 부르지 마라
그늘에서 굴 따던 엄마

모랫길을 뛰어가다

넘어진다

숨 쉬기도 미안한 4월

함민복

배가 더 기울까 봐 끝까지
솟아오르는 쪽을 누르고 있으려
옷장에 매달려서도
움직이지 말라는 방송을 믿으며
나 혼자를 버리고
다 같이 살아야 한다는 마음으로
갈등을 물리쳤을, 공포를 견디었을
바보같이 착한 생명들아! 2학년들아!

그대들 앞에
이런 어처구니없음을 가능케 한
우리 모두는……
우리들의 시간은, 우리들의 세월은
침묵도, 반성도 다 부끄러운
죄다

쏟아져 들어오는 깜깜한 물을 밀어냈을

가녀린 손가락들
나는 괜찮다고 바깥세상을 안심시켜주던,
가족들 목소리가 여운으로 남은
핸드폰을 다급히 품고
물속에서 마지막으로 불러보았을
공기 방울 글씨
엄마,
아빠,
사랑해!

아, 이 공기, 숨 쉬기도 미안한 4월

누군가 물었다

허수경

택시 기사가 물었다
무슨 일이 일어났나요?
빵집 아가씨가 물었다
무슨 일이 일어났나요?
치과 의사가 물었다
무슨 일이 일어났나요?
집 앞을 쓸다가 마주친 이웃이 물었다,
당신의 고향에서 무슨 일이 일어났나요?

나도 모른다, 고 말하는데
눈물이 났다
사람들이 바닷속에 있어요
엄마들이 울고 아빠들이 울고
삼촌 친구 짝사랑하던 소녀가 울고
잠수부가 울고
다 우는데 아무도 몰라요
무슨 일이 일어났는지

영원한 실종을 완성할 일이
제 고향에서 일어났는지도 몰라요

택시 기사 빵집 아가씨 치과 의사 이웃은
알고 있었는지도 모른다,
독일 어느 마을에 사는 작은 동양 여인의 고향에서
무슨 일이 일어났는지

그들은 모른다고 말하는 나를
바라보면서 아무 말 하지 않았다

무슨 일이 일어났는지
정말 모르겠어요
이건 무의식 뒤 모든 배반의 손들이 합작해서 판
무덤은 아니었을까요
그 앞에 서서 우는 사람들의 영혼마저
말려버리는 사막의 황폐함은 아니었나요

이십 년 동안 독일에 살면서
망설이면서도 포기한 적 없던
내 얼굴의 고향은 서러웠다
길게 울었다 눈앞에 없는
바다 앞에서
고향의 수박등이 흔들렸다

제망매(祭亡妹), 흰 꽃들의 노래

허은실

너는 거기 앉아 있었다

타오르는 봄 나무 푸른 불길 속
앉아서 헤헤 웃고 있었다
피어 있었다

너는 거기
함박꽃나무 희디흰 얼굴로 앉아서
이 생에 못다 한 말
자줏빛 꽃술로 품고
하얗게 웃고 있구나
죄 없이 눈부시구나

네가 손 흔들며 뛰어갈 때
귓불에 매달려 흔들리던 작은 귀걸이
때죽나무 조롱조롱 흰 종을 달고
소꿉을 놀고 있느냐

꽃등을 켜고 있느냐

흰 꽃들 피네 이 봄 산천에
교복 안에 빛나던 너의 열여덟
아름다운 종아리처럼 뒤꿈치처럼
벽을 긁다 빠진 손톱마다 무서운 幻이
피어 피어 피여 순결한 피여

물속 깊이 뜬 눈 젖은 얼굴 흰 수국 피네 흐르는 피 뜨거운 총구 막으려 찔레꽃 피네 면사포에 꽃 목걸이 하고 가라고 아카시아꽃 잘린 네 젖가슴 위에 놓으려 큰꽃으아리 숭어리마다 붉은 응어리 서러운 땅 닿지 말고 딛고 가라고 절뚝절뚝 철쭉이 피네 피어오르네 산딸나무 흰나비 떼 날아오르네 누이야 누이야 한나절만 여기서 더 놀고 가렴 다물지 못한 입에 떠 넣어주려 이팝꽃 피네 백 석 천 석 만 석 저녁을 짓네 누이야 누이야 한 순갈만 더 밥 먹고 가렴

이 멀고 억울한 향기를 나는 알지
그건 너의 몸 냄새 캄캄한 향기

무덤가에 휘이 호랑지빠귀 울면
그건 너의 목소리 휘파람 소리

잠들지 마 잠들지 마 눈감지 마—

침몰하는 세상 조문하러
흰 꽃들 피네
오월 산천이
壽衣를 입네

푸르게 타오르는 나무 아래
나는 꽃잎을 따 입속에 넣어본다
천천히 씹어
먹는다

너의

희고 춥고 여린
살을

지금은 서정시를 써야 할 시간
안산 단원고 학생들의 부활을 위하여

황규관

차가운 바닷속에서 나오지 못한
발버둥 때문인 걸까
오늘밤 거기에는 또 격랑이 있을 거라지?
그러나 집채만 한 파도여야 한단다,
눈을 감을 수 없는 꽃봉오리들아!
이제 나는 기적을 바라지 않기로 했다 그런
낭만으로 슬픔을 더 이상 치장하고 싶지 않구나
차라리 컴컴한 우리의 가슴에서 떠나지 말고
언제나 악몽이 되어 저 낡은 현관문을 두드려다오
보내려는 손길을 뿌리쳐다오
여기는 너희들의 절규로 한참 더
몸부림을 쳐야 할 땅 저주의 휘장에
휩싸여 두고두고 울어야 하는 땅
오직 살아남은 자의 자학을 통해서만
해가 떠야 할 땅 기도 따위로
시퍼런 절망이 아문다는 건, 너희를 삼킨
파도에 대한 모멸일 뿐이다 제발

그 차가운 바닷속에서 싸늘히 돌아오지 말고
백상아리의 잇몸 같은 해일로 돌아오거라
천 길 벼랑을 때리는 태풍으로 오거라
지금은 서정시를 써야 할 시간
그 갑갑한 교복 차림으로 살아오지 말거라
아직 살아보지 못한 수평선으로 오거라
미처 웃어보지 못한 폭죽으로 오거라
서정시 한 편으로 와서
새 울음 같은 음악이 된 다음에 떠나거라
우리와 함께 영영 떠나거라

마침표를 찍을 수 없는 시

휘민

잔인한 계절에는 유월에도 눈이 내린다
새하얀 눈은 책갈피 사이에도 소복이 쌓여
이 계절의 독서는 좀처럼 책장이 넘어가지 않는다

그날
수학여행을 떠난 너희들은 끝내 살아서 돌아오지 못했다
너희들이 손가락 부러져라 닫힌 철문을 긁고 있을 때
승객을 버린 선장은 제일 먼저 구조되어 젖은 돈을 말렸다
엄마들이 번호표를 들고 항구에서 너희들을 기다릴 때
공무원들은 사망자 명단 앞에서 인증샷을 찍었다
뒤늦게 대책본부를 방문한 그들의 보스는
무릎 꿇고 절규하는 모정을 외면한 채 책임자 색출만 지시했고
해경은 구조를 기다리는 뜨거운 목숨들을 주검으로 인양했다
누군가는 진실을 감추기에 급급했고
누군가는 없는 죄도 만들려 안달이었다

그사이 사고는 참사가 되었지만 아무도 책임지지 않았다
모두가 아픈데 그들만 아프지 않았다

우리가 이성을 욕망하는 순간에도 세월은 시시각각 얼굴을 바꾸었다
실종자 수는 그대로 사망자 수가 되었고 탑승자 수는 자주 번복되었다
그사이 너희들은 학생증을 목에 건 채
서로의 몸을 끈으로 묶은 채 뭍으로 건져 올려졌다
자식에게 나이키 신발을 사줄 수 없었던 부모는
달이 바뀌어도 남도의 낯선 항구를 떠날 수 없었다

그날 이후
우리는 가슴에 노란 리본을 매달고 미안함에 울었다
살아남은 아이들은 가만히 있으라는데도 거리로 쏟아져 나왔다
그러나 아무리 외쳐도 아무리 울부짖어도

한번 꼬꾸라진 세월은 다시 돌아오지 않았다
2014년 4월 16일에서 멈춘 채 야만의 시간을 표류하고 있었다

햇빛 한 줌 들지 않는 어두운 바닷속에
후득후득 차가운 눈발이 들이친다
우리가 넘기려 했던 책장에도 시린 눈꽃이 떨어진다
우리의 생가슴을 열어 소금 결정이 된 너희들을 뿌린다
쉼표조차 함부로 쓸 수 없는 시
마침표를 찍을 수 없는 시
그것이 바로 너희들이기에

발문

이제, 항로를 바꾸어야 한다

김윤태(문학평론가)

무책임의 참회를 넘어

제2차 세계대전 직후 패전국 일본에서는 '일억 총참회'라는 말이 있었다. 당시 일본 인구를 대략 1억이라고 봤을 때, 모든 일본인이 자신들이 벌인 침략 전쟁에 대해 참회한다는 의미였다(가라타니 고진, 『윤리 21』). 이 말은 전후 일본의 첫 수상인 황족 출신의 히가시쿠니노미야 나루히코[東久邇宮稔彦]가 취임 기자 회견에서 "전 국민 총참회하는 것이 우리 나라 재건의 제1보이며, 우리 나라 안의 단결의 제1보라고 믿는다"고 말한 데서 유래한다. 패전 후 전범 재판에서 일본의 군인과 정치가들 대부분은 상관의 명령에 따랐을 뿐이라고 책임을 회피하는 데 급급했다. 사실 전쟁 중에 내려졌던 모든 명령은 천황의 이름으로 이루어진 것이었으나, 전승국인

미국은 천황에게 그 책임을 묻지 않았다. 결국 아무도 전쟁의 책임을 지는 자가 없었다. 누군가 이를 가리켜 '무책임의 체계'라고 했듯이, 이는 전쟁의 책임을 일부 지도자의 탓으로 돌리지 말고 전 국민이 그 책임을 평등하게 지고 반성하자고 함으로써, 결과적으로는 어느 누구도 책임을 지지 않는 형국이 된 셈이다. 일본은 그로부터 70년이 다 되도록 그러한 기조를 꾸준히 유지해오고 있다. 그동안 일본 정부는 몇 번이나 침략 전쟁에 대해 사죄하였고 천황 자신도 '유감'의 뜻을 표명해왔으나, 그것은 피해를 입은 주변 국가들로부터 제대로 된 사죄로 받아들여지지 않고 있다. 우리도 여전히 일본이 참된 반성을 하고 있는지에 대해 의구심을 가지고 있다.

세월호 참사를 추모하는 자리에서, 웬 일본의 전쟁 책임 이야기인가 의아해할지도 모르겠다. 그러나 이 글을 쓰는 이 순간에도 세월호 참사의 책임을 둘러싸고 관련자 어느 누구도 자기의 잘못을 인정하지 않고 있기 때문에, 저 같은 일본의 태도를 화두로 삼은 것이다. '무책임의 체계'라는 점에서 두 사건은 닮은꼴이다.

익히 알다시피 적지 않은 보수 언론과 지식인들은 앞다퉈 말했다. 지금은 "슬픔을 절제하고 분노를 갈무리할 때"라거나 "절망을 견디어 기도하고 반성해야 할 때"라고. 그들은 이런 식으로 교묘히 '무책임'의 경계를 넘나들며 국민 감정을 순치하려 들었다. 하지만 이러다가 세월호 참사는 어느 순간에 정말 아무도 잘못한 이가 없는 사건이 되어버릴지도 모른다. 이미 그 조짐이 현실화하고 있지 않은가. 책임지겠다며 사의를 표명했던 국무총리는 도로 총리가 되었다. 국가 최고 책임자인 대통령은 궁지에 몰리자 TV 앞에서 영혼 없는 눈물을 흘렸다. 일본 정부가 수차례 사죄의 포즈를 취했으나 동아시아 국가들이 그 진정성을 여전히 의심하고 있듯이, 지금 대다수 국민들도 대통령의 사죄에 신뢰를 보내지 못한다.

결코 가만히 있지 않겠다는 시인들의 목소리

그러나 이 땅에 깨어 있는 시인들은 안다. 그들은 현실을 직시하고 슬픔을 넘어 분연히 외친다. 지금은 "분노해야 할 때!"라고.

슬픔으로 가다 다시 분노가
냉정으로 가다 다시 분노가
체념으로 가다 다시 분노가

용서로 가다 다시 분노가
사랑은 바닷속에 처박히고
사랑을 바닷속에 처넣고서
이제 누가 사랑을 이야기하겠는가

__박철, 「이제 누가 사랑을 이야기하겠는가」 부분

그들이 아직은 애도해야 한다고 말하지 않느냐.
가만히 있어야 안전하다고 하지 않느냐.
이제 슬퍼하지 말고 분노할 일이다.

__최종천, 「이 닭대가리들아!」 부분

시민들의 분노가 자칫 거친 물리적 저항의 형태로 이어질까 노심초사·전전긍긍하는 정부 권력과 일부 언론은, 세월호의 선실 안에 있던 어린 학생들에게처럼, 오직 "가만히 있으라"라는 말만 되풀이하고 있다. 이런 식으로, 선장과 선원들이 탈출한 이후로 아무도 구조하러 오지 않았던 그 어처구니없는 상황은 여전히 반복되는 것이다. 그래서 시인의 다음과 같은 말이 더 아프게 다가온다. "동해물과 백두산이 마르고 닳도록 맹골수도 물속에서 **기다리래.**"(김기택, 「기다리래」, 강조는 인용자)

하지만 시인은 이제 "가만히 있으라"는 요구를 거부한다.

그것이 권력과 자본의 더러운 거래를 은폐하는 말임을 알기 때문이다.

시는 시대정신의 예민한 성감대라고 하지 않았던가. 배가 진도 앞바다에 침몰하는 그 순간부터, 곧 2014년 4월 16일부터 낡은 기성의 세계는 정지되고 새로운 획기의 순간이 다가오고 있음을 숙명적으로 예감한다. 이때 시인의 말은 늙은 무당의 예지력처럼 비장하고 섬뜩하다.

> 세계여, 그대가 열여덟 살이다, 모두
> 몸 버린 날의 비문을 칼로 새긴
> 벙어리의 혓바닥이 말을 빚는
> 이천십사 년 봄, 부터
>
> __이용임, 「이천십사 년 봄, 부터」 부분

참사 원인과 책임

이 엄청난 국가적 대재난 앞에 우리는 모두 슬픔과 분노에 앞서 망연자실했다. 할 말을 잃었다. 물론 사고는 언제나 일어날 수 있다. 그러나 문제는 왜 유사한 사고들이 계속 되풀이되는가 하는 점이다. 이미 오래된 일이지만 삼풍백화점과 성수대교 붕괴, 대구지하철 방화 등 일일이 헤아리기도 힘든 사고들, 가까이는 올 초 경주에서 있었던 폭설로 인한 리조트 지붕 붕괴 등 얼마나 많은 재난들이 잇달았던가. 그때마다 우리는 정부 차원의 재난 대처 능력을 의심했지만, 이번 참사는 그런 차원을 넘어 국가의 존재 자체에 대해서도 심각하게 의문을 던지지 않을 수 없게 만들었다.

세월호 참사의 원인에 대한 진단은 이미 차고도 넘친다. 첫째, 재난 구조를 회피하고 일신의 안위를 선택한 선장을 비롯한 선사 직원들이 그 일차적인 책임을 피할 길이 없을 것이다. 둘째, 배의 개조와 운항의 파행성을 조장하고 이윤의 극대화만 노린 청해진 해운. 셋째, 해운사의 비리를 방관했거나 오히려 부추긴 측면까지도 있을 것 같은 해경을 비롯한 정부 기관(이른바 '관피아')도 사회적 지탄을 피해갈 수는 없다. 특히나 인명 구조에 무능함을 여실히 드러낸 해경의 책임은 너무나도 크다.

이런 점에서 시인들은 정곡을 찌른다. 세월호는 침몰한 것이 아니다. 선원들과 선장, 선주와 같이 이윤만 노리는 자들, 해경이나 해양수산부 같은 관료들의 무능과 부패 등으로부터 습격을 받은 것이다.

침몰입니까? 아니 습격입니다 습격입니다!

우리들의 고요를, 생의 마지막까지 번지던 천진한 웃음을
이윤의 주구들이
분별심 없는 관료들과 전문성 없는 전문가들이
구조할 수 없는 구조대가
선장과 선원과 또 천상에 사는 어떤 선장과
선원들로부터의…… 습격입니다

_문동만, 「소금 속에 눕히며」 부분

만족을 모르는 자본과 가식에 찌든 권력,
가슴의 소리를 듣지 못하는 무능과 오만이 참혹하다.

_김선우, 「이 봄의 이름을 찾지 못하고 있다」 부분

그대들이 죄 없이 바닷속으로 가라앉는 동안
부자들은 돈을 세고
올드보이들은 표를 계산하고
이 나라는 그대들의 주검을 세는 게 일이었습니다.

(중략)

꺼내달라고 살려달라고
뒤집힌 배 안에서 손가락뼈가 부러지도록

뭔가에게 매달렸을 그대들에게
이 나라가 무슨 짓을 했는지 생각하면
나 또한 그런 나라의 금수만도 못한 시인입니다
이건 시도 아닙니다

__이상국, 「이 나라가 무슨 짓을 했는지」 부분

이 시들은 해운업자들이나 정부 기관의 관리들이 규제 완화 등을 통해 욕망 충족의 극대화만 추구하고 생명의 안전에 대해서는 얼마나 불감증에 걸려 있는지를 선명히 규탄하고 있다. 그러한 일들이 일개 업자나 관리들만의 소행으로 저질러진 일과성의 사건이 아님은 말할 나위도 없다. 그러하기에 시인들은 무능하고 부패한 국가 권력 자체를 향해 "국가를 구속하라"라고 그 책임을 강도 높게 묻는 것이다.

선부른 희망을 이야기하지 말라
이건 명백한 살인이다

어른들이 아이들을 죽였다
국가가 국민들을 산 채로 수장시킨 것이다

__유용주, 「국가를 구속하라」 부분

'재난 자본주의'를 넘어 새로운 체제로

넷째, 재난에 대한 효율적인 대처 능력을 상실한 국가의 안전 관리 체제와, 그 뒤에서 이것들을 조종하고 압박하는 신자유주의적 자본주의 시스템 등도 비판의 도마에 올랐다. 가령 최종천은 "세월호의 참사는 **돈 때문에 일어난 것**"(「이 닭대가리들아!」, 강조는 인용자)이라고 노골적으로 말한다. 공광규도 거든다. "경제는 일류고 재난 대책은 삼류인/사람 중심이 아닌 돈 중심의 나라"(「노란 리본을 묶으며」). 백무산 역시 사태의 본질을 정확히 꿰뚫고 들어가, "모든 운항 규정은 이윤의 지시에 따르라/침몰의 배후에는 나태와 부패와 음모가 있고/명령의 배후에는 은폐와 조작의 검은 손이 있다"(「세월호 최후의 선장 박지영」)라고 크게 외친다.

그러나 여전히 책임지는 주체는 어디에도 없다. 문제는 바로 이것이다. 이제 정부에서는 수습을 말하고 있다. 그리하여 제일 먼저 내놓은 카드가 해경 해체다. 또 책임지지도 못한 국무총리 산하에 국가안전처를 신설한다고 한다. 그러더니 급기야 '국가개조론'까지 들고 나온다. 우리는 일련의 이 수습 과정들이 더 무서울 수 있다는 사실을 놓쳐서는 안 될 것이다. 이와 관련하여 '재난 자본주의'(Disaster Capitalism)라는 말까지 등장했다(좌담 「한국이라는 나라, 희망은 있는가」, 『녹색평론』 137호, 2014.7~8. 참조). 참으로 끔찍하다. 재난의 절망 위에 꽃피는 자본의 음험한 욕망이라니! 이것은 남의 불행은 나의 행복이라는 말 아니겠는가. 캐나다의 언론인 나오미 클레인이 『쇼크 독트린』이라는 책에서 거론한 '재난 자본주의'는 전쟁, 테러, 금융 시장 붕괴 등 인위적인 재해뿐만 아니라 쓰나미, 지진, 화산 등 자연재해에 이르기까지 대규모 재난 상황이 발생하면 이를 틈타 충격적인 경제정책을 시도하고 이윤을 극대화하는 자본주의의 새로운 행태를 일컫는다. 그 실례로 미군의 이라크 점령, 인도네시아와 스리랑카를 덮친 쓰나미, 뉴올리언스를 휩쓸고 간 허리케인 카트리나, 1997년 금융 위기에 따른 동아시아의 전면적인 시장자유화와 민영화 등을 꼽았다. 이는 '군산복합체'보다 더 강력한 것으로, '재난 자본주의 복합체'로 세계 자본시장이 점차 재편되고 있다는 것.

이번 사태를 겪으면서 우리 사회에서 새로운 패러다임, 새로운 시스템의 도래가 필요하다고 믿는 사람들이 점차 늘어나고 있는 것 같다. 좌우, 진보-보수의 프레임으로 받아들이던 기존의 정치적 사고에도 커다란 균열이 감지되고 있다. 진보-보수 이전에 인간으로서의 기본적인 도리, 상식(혹은 양식) 차원의 문제를 더 진지하게 고민해야 한다는 말도 들린다.

시인은 여기서 한 발짝 더 나아갈 것을 강력하게 '명령'한다.

돌려 말하지 마라
온 사회가 세월호였다
오늘 우리 모두의 삶이 세월호다
자본과 권력은 이미 우리들의 모든 삶에서
평형수를 덜어냈다
사회 전체적으로 정규적 일자리를 덜어내고
비정규직이라는 불안정성을 주입했다

(중략)

함께 살자는 모든 노동자들의 구조 신호는 외면당했고
불법으로 매도되고 탄압당했다
더 많은 이윤을 위한 자본의 이동은 언제나 자유로운 합법이었고
위험은 아래로 아래로만 전가되었다
그런 자본의 무한한 축적을 위해
세상 전체가 기울고 있고 침몰해가고 있다
그 잔혹한 생존의 난바다 속에서
사람들의 생목숨이 수장당했다

그런데도 가만히 있으라고 한다
돌려 말하지 마라
이 구조 전체가 단죄받아야 한다
사회 전체의 구조가 바뀌어야 한다
이 처참한 세월호에서 다시 그들만 탈출하려는
이 세월호의 선장과 선원들을 바꾸어야 한다
우리 모두가 이 위험한 세월호의
선장으로 기관장으로 갑판원으로 조타수로 나서야 한다
이 시대의 마지막 남은 평형수로 에어포켓으로
다이빙벨로 긴급히 나서야 한다
이 세월호의 항로를 바꾸어야 한다
이 자본의 항로를 바꾸어야 한다

__송경동, 「우리 모두가 세월호였다」 부분

(이상 강조는 인용자)

이제 우리에게 남은 일은 세월호 참사의 진상을 철저히 규명하는 일이다. 그리고 참으로 지난할 게 분명할 그 싸움을 통해 우리 사회, 국가 전체를 토대부터 확실히 바꾸지 못하면 저 검은 바닷속에 잠든 어린 영혼들이 결코 편히 잠들 수 없을 것이다.

수록 시인 소개

강은교 1945년 함남 홍원 출생. 1968년 『사상계』 등단. 시집 『허무집』, 『초록 거미의 사랑』, 『바리연가집』 등.

고운기 1961년 전남 보성 출생. 1983년 『동아일보』 등단. 시집 『밀물 드는 가을 저녁 무렵』, 『나는 이 거리의 문법을 모른다』, 『구름의 이동 속도』 등.

고은 1933년 전북 군산 출생. 1958년 『현대시』 등단. 『만인보』, 『문의 마을에 가서』, 『허공』 등.

공광규 1960년 서울 출생. 1986년 『동서문학』 등단. 시집 『소주병』, 『말똥 한 덩이』, 『담장을 허물다』 등.

곽재구 1954년 전남 광주 출생. 1981년 『중앙일보』 등단. 시집 『사평역에서』, 『참 맑은 물살』, 『와온 바다』 등.

구중서 1936년 경기 광주 출생. 1963년 『신사조』 등단. 평론집 『한국문학과 역사의식』 등, 시조집 『불면의 좋은 시간』, 『세족례』.

김기택 1957년 경기 안양 출생. 1989년 『한국일보』 등단. 시집 『태아의 잠』, 『소』, 『갈라진다 갈라진다』 등.

김사이 1971년 전남 해남 출생. 2002년 『시평』 등단. 시집 『반성하다 그만둔 날』.

김사인 1956년 충북 보은 출생. 1981년 『시와 경제』 창간 동인으로 작품 활동. 시집 『밤에 쓰는 편지』, 『가만히 좋아하는』.

김선우 1970년 강릉 출생. 1996년 『창작과비평』 등단. 시집 『내

혀가 입속에 갇혀 있길 거부한다면』,『내 몸속에 잠든 이 누구신가』,『나의 무한한 혁명에게』 등.

김성규 1977년 충북 옥천 출생. 2004년 『동아일보』 등단. 시집 『너는 잘못 날아왔다』,『천국은 언제쯤 망가진 자들을 수거해가나』.

김오 1956년 경기 동두천 출생. 1999년 『자유문학』 등단. 시집 『캥거루의 집』.

김은경 1976년 경북 고령 출생. 2000년 『실천문학』 등단. 시집 『불량 젤리』.

김일영 1970년 전남 완도 출생. 2003 『한국일보』 등단. 시집 『삐비꽃이 아주 피기 전에』.

김주대 1965년 경북 상주 출생. 1989년 『민중시』, 1991년 『창작과비평』 등단. 시집 『도화동 사십 계단』,『꽃이 너를 지운다』,『그리움의 넓이』 등.

김준태 1948년 전남 해남 출생. 1969년 『시인』 등단. 시집 『참깨를 털면서』,『국밥과 희망』,『지평선에 서서』 등.

김중일 1977년 서울 출생. 2002년 『동아일보』 등단. 시집 『국경꽃집』,『아무튼 씨 미안해요』.

김해자 1961년 전남 신안 출생. 1998년 『내일을 여는 작가』 등단. 시집 『무화과는 없다』,『축제』 등.

나희덕 1966년 충남 논산 출생. 1989년 『중앙일보』 등단. 시집 『뿌리에게』,『사라진 손바닥』,『말들이 돌아오는 시간』 등.

도종환 1954년 충북 청주 출생. 1985년 『실천문학』 등단. 시집 『접시꽃 당신』,『부드러운 직선』,『세 시에서 다섯 시 사이』 등.

문동만 1969년 충남 보령 출생. 1994년 『삶 사회 그리고 문학』 등단. 시집 『그네』 등.

문인수 1945년 경북 성주 출생. 1985년 『심상』 등단. 시집 『홰치는 산』, 『배꼽』, 『적막 소리』 등.

박성우 1971년 전북 정읍 출생. 2000년 『중앙일보』 등단. 시집 『거미』, 『가뜬한 잠』, 『자두나무 정류장』.

박찬세 1979년 충남 공주 출생. 2009년 『실천문학』 등단.

박철 1960년 서울 출생. 1987년 『창작과비평』 등단. 시집 『김포행 막차』, 『영진설비 돈 갖다주기』, 『작은 산』 등.

박형준 1966년 전북 정읍 출생. 1991년 『한국일보』 등단. 시집 『나는 이제 소멸에 대해서 이야기하련다』, 『춤』, 『불탄 집』 등.

백무산 1955년 경북 영천 출생. 1984년 『민중시』 등단. 시집 『만국의 노동자여』, 『인간의 시간』, 『그 모든 가장자리』 등.

손택수 1970년 전남 담양 출생. 1998년 『한국일보』 등단. 시집 『호랑이 발자국』, 『목련 전차』, 『나무의 수사학』.

송경동 1967년 전남 벌교 출생. 2001년 『실천문학』 등단. 시집 『꿀잠』, 『사소한 물음들에 답함』.

송찬호 1959년 충북 보은 출생. 1987년 『우리 시대의 문학』 등단. 시집 『십 년 동안의 빈 의자』, 『붉은 눈, 동백』, 『고양이가 돌아오는 저녁』 등.

신용목 1974년 경남 거창 출생. 2000년 『작가세계』 등단. 시집 『그 바람을 다 걸어야 한다』, 『바람의 백만 번째 어금니』, 『아무 날의 도시』.

신철규 1980년 경남 거창 출생. 2011년 『조선일보』 등단.

신현림 1961년 경기 의왕 출생. 1990년 『현대시학』 등단. 시집 『지루한 세상에 불타는 구두를 던져라』, 『세기말 블루스』, 『침대를 타고 달렸어』 등.

안상학 1962년 경북 안동 출생. 1988년 『중앙일보』 등단. 시집

『안동소주』, 『아배 생각』, 『그 사람은 돌아오고 나는 거기 없었네』 등.

안주철 1975년 강원 원주 출생. 2002년 『창작과비평』 등단.

유병록 1982년 충북 옥천 출생. 2010년 『동아일보』 등단. 시집 『목숨이 두근거릴 때마다』.

유순예 1965년 전북 진안 출생. 2007년 『시선』 등단. 시집 『나비, 다녀가시다』.

유용주 1959년 전북 장수 출생. 1991년 『창작과비평』 등단. 시집 『가장 가벼운 짐』, 『크나큰 침묵』, 『은근 살짝』.

유현아 1970년 서울 출생. 2006년 전태일문학상 수상하며 등단. 시집 『아무나 회사원, 그 밖에 여러분』.

윤석정 1977년 전북 장수 출생. 2005년 『경향신문』 등단. 시집 『오페라 미용실』.

이민호 1963년 충북 음성 출생. 1994년 『문화일보』 등단. 시집 『참빗 하나』, 『피의 고현학』.

이상국 1946년 강원 양양 출생. 1976년 『심상』 등단. 시집 『동해별곡』, 『어느 농사꾼의 별에서』, 『뿔을 적시며』 등.

이선식 1954년 강원 양구 출생. 1999년 『월간문학』 등단. 시집 『시간의 목축』.

이시영 1949년 전남 구례 출생. 1969년 『중앙일보』 등단. 시집 『만월』, 『우리의 죽은 자들을 위해』, 『호야네 말』 등.

이안 1967년 충북 제천 출생. 1999년 『실천문학』 등단. 시집 『목마른 우물의 날들』, 『치워라, 꽃』, 동시집 『고양이와 통한 날』 등.

이영주 1974년 서울 출생. 2000년 『문학동네』 등단. 시집 『108번째 사내』, 『언니에게』, 『차가운 사탕들』.

이용임 1976년 경남 마산 출생. 2007년 『한국일보』 등단. 시집 『안개주의보』.

이은봉 1953년 충남 공주 출생. 1984년 『창작과비평』 등단. 시집 『내 몸에는 달이 살고 있다』, 『길은 당나귀를 타고』, 『걸레옷을 입은 구름』 등.

이재무 1958년 충남 부여 출생. 1985년 『문학과사회』, 『실천문학』 등단. 시집 『온다던 사람 오지 않고』, 『푸른 고집』, 『길 위의 식사』 등.

이진명 1955년 서울 출생. 1990년 『작가세계』 등단. 시집 『밤에 용서라는 말을 들었다』, 『집에 돌아갈 날짜를 세어보다』, 『세워진 사람』 등.

이진희 1972년 제주 중문 출생. 2006년 『문학수첩』 등단. 시집 『실비아 수수께끼』.

이하석 1948년 경북 고령 출생. 1971년 『현대시학』 등단. 시집 『투명한 속』, 『녹』, 『상웅』 등.

임경섭 1981년 강원 원주 출생. 2008년 『중앙일보』 등단.

임동확 1959년 전남 광주 출생. 1987년 시집 『매장시편』 출간하며 등단. 시집 『살아 있는 날들의 비망록』, 『나는 오래전에도 여기 있었다』, 『태초에 사랑이 있었다』 등.

장석남 1965년 인천 덕적 출생. 1987년 『경향신문』 등단. 시집 『새떼들에게로의 망명』, 『왼쪽 가슴 아래께에 온 통증』, 『고요는 도망가지 말아라』 등.

정기복 1965년 충북 단양 출생. 1994년 『실천문학』 등단. 시집 『어떤 청혼』.

정우영 1960년 전북 임실 출생. 1989년 『민중시』 등단. 시집 『마른 것들은 제 속으로 젖는다』, 『집이 떠나갔다』, 『살구꽃 그

림자』.

정원도 1959년 대구 출생. 1985년 『시인』 등단. 시집 『그리운 흙』, 『귀뚜라미 생포 작전』.

진은영 1970년 대전 출생. 2000년 『문학과사회』 등단. 시집 『일곱 개의 단어로 된 사전』, 『우리는 매일매일』, 『훔쳐가는 노래』.

천수호 1964년 경북 경산 출생. 2003년 『조선일보』 등단. 시집 『아주 붉은 현기증』.

최영철 1956년 경남 창녕 출생. 1986년 『한국일보』 등단. 시집 『찔러본다』, 『호루라기』, 『일광욕하는 가구』 등.

최종천 1954년 전남 장성 출생. 1986년 『세계의문학』 등단. 시집 『눈물은 푸르다』, 『나의 밥그릇이 빛난다』, 『고양이의 마술』.

최지인 1990년 경기 광명 출생. 2013년 『세계의 문학』 등단.

최현우 1989년 서울 출생. 2014년 『조선일보』 등단.

함민복 1962년 충북 충주 출생. 1988년 『세계의 문학』 등단. 시집 『모든 경계에는 꽃이 핀다』, 『말랑말랑한 힘』, 『눈물을 자르는 눈꺼풀처럼』 등.

허수경 1964년 경남 진주 출생. 1987년 『실천문학』 등단. 시집 『슬픔만한 거름이 어디 있으랴』, 『내 영혼은 오래되었으나』, 『청동의 시간 감자의 시간』 등.

허은실 1975년 강원 홍천 출생. 2010년 『실천문학』 등단.

황규관 1968년 전북 전주 출생. 1993년 전태일문학상 수상하며 등단. 시집 『철산동 우체국』, 『패배는 나의 힘』, 『태풍을 기다리는 시간』 등.

휘민 1974년 충북 청원 출생. 2001년 『경향신문』 등단. 시집 『생일 꽃바구니』. 동시·동화 모음집 『뒤뚱뒤뚱』 등.

세월호 추모시집

우리 모두가 세월호였다

2014년 7월 24일 1판 1쇄 펴냄
2017년 12월 30일 1판 7쇄 펴냄

지은이 고은 외 68인
펴낸이 윤한룡
편집 정미라, 성유빈
디자인 한시내
관리·영업 이승순, 박민지

펴낸곳 (주)실천문학
등록 10-1221호(1995.10.26)
주소 서울특별시 성북구 보문로 82-3, 801호(보문동 4가, 통광빌딩)
전화 322-2161~5
팩스 322-2166
홈페이지 www.silcheon.com

ISBN 978-89-392-0719-6 03810

이 책의 작가 인세 전액과 출판사 수익금 10퍼센트는
아름다운재단을 통해 세월호 참사를 기억하고 추모하는 사업에 쓰입니다.